ROMANS DE HENRI ZSCHOKKE.

LE MÉNÉTRIER,

OU UNE

INSURRECTION

EN SUISSE,

HISTOIRE DE 1653,

TRADUITE DE L'ALLEMAND

Par A. Loève-Veimars,

TRADUCTEUR

DE LA COLLECTION COMPLÈTE DES ROMANS HISTORIQUES

DE VAN DER VELDE.

SECONDE ÉDITION, REVUE ET CORRIGÉE.

TOME CINQUIÈME.

PARIS,

CHARLES GOSSELIN, LIBRAIRE

DE SON ALTESSE ROYALE MONSEIGNEUR LE DUC DE BORDEAUX,

RUE SAINT-GERMAIN-DES-PRÉS, Nº 9.

M DCCC XXX.

DE L'IMPRIMERIE DE LACHEVARDIERE.

ROMANS

DE

HENRI ZSCHOKKE,

TRADUITS DE L'ALLEMAND

PAR

le traducteur des Romans de Van der Velde.

——

LE MÉNÉTRIER.

—

TOME CINQUIÈME.

IMPRIMERIE DE LACHEVARDIERE,
RUE DU COLOMBIER, N° 30.

LE MÉNÉTRIER,

OU UNE

INSURRECTION

EN SUISSE,

HISTOIRE DE 1653,

PAR HENRI ZSCHOKKE,

TRADUITE DE L'ALLEMAND

Par A. Loève-Veimars,

TRADUCTEUR DE LA COLLECTION COMPLÈTE DES ROMANS HISTORIQUES
DE VAN DER VELDE.

TOME CINQUIÈME.

Paris,

CHARLES GOSSELIN, LIBRAIRE

DE SON ALTESSE ROYALE MONSEIGNEUR LE DUC DE BORDEAUX,

RUE SAINT-GERMAIN-DES-PRÉS, N° 9.

M DCCC XXX.

LE MÉNÉTRIER,

OU UNE

INSURRECTION

EN SUISSE.

CHAPITRE XLI.

LE CAMP.

Le jour même que Leuenberger prit
le commandement en chef de l'armée
confédérée, Fabien et Addrich arrivèrent dans le camp. Addrich s'était rendu

du pays de Hassli, par Brungg, dans les
belles vallées sauvages du Kernwald,
pour exciter l'ardeur des Unterwaldois
libres; et partout il avait recueilli de
consolantes nouvelles; puis il s'était
dirigé, par le canton de Lucerne, vers
les francs-bailliages le long de la Reuss,
et y avait fait lever les hommes en état
de porter les armes, ou avait hâté l'arrivée de ceux qu'il rencontrait sur les
routes. Il avait rassemblé et exalté par
ses discours les bandes éparses, et il les
conduisait, au nombre d'environ deux
mille hommes, à travers les champs ma-
récageux d'Othmarsigen, au rendez-
vous général.

Les cris de joie que poussèrent tous
les confédérés qui étaient déjà rassemblés dans le camp, saluèrent l'arrivée des
nouveau-venus. Leuenberger, Schyby,
Zelltner et les autres généraux qui

étaient des troupes qui s'approchaient, et pour les passer en revue, n'eurent pas plutôt reconnu Addrich à leur tête, qu'ils accoururent en hâte auprès de lui et l'accueillirent avec les démonstrations de l'amitié la plus vive.

—Diable! dans quelles montagnes et dans quelles vallées as-tu déterré tous ces gaillards-là, vieux balai de guerre? s'écria Schyby en serrant la main d'Addrich. Cela nous fera une excellente arrière-garde.

— Une arrière-garde ! répondit Addrich en riant; c'est au contraire l'avant-garde d'une nouvelle armée qui se joindra à nous dès que vous l'appellerez. Je vous dis que le peuple d'Obwalden, de Ridwalden, de Zug, d'Uri et de Schwitz, est prêt à marcher; il n'attend plus que le signal.

— Et quand, comment, où faut-il le donner ? s'écria Leuenberger ravi. Demain, aujourd'hui, dans le moment même ?

—C'est sur le champ de bataille, sur le champ de la victoire qu'il faut que vous le donniez, puique vous l'ignorez encore ! répondit Addrich. Il n'y a pas de fanal plus brillant que le feu du canon vainqueur. Je vous le dis, si notre premier coup d'épée est heureux, tout sera décidé; les siéges des magnifiques seigneurs seront aussitôt renversés, et tout le peuple de Suisse se lèvera dans la plaine comme dans les montagnes, pour combattre avec nous. Ainsi, ne perdons pas un moment, mais en même temps ne précipitons rien! Où est l'ennemi ?

— Sur les pâturages de Schlier, aux

frontières de Zurich, comme nos espions me l'ont rapporté, dit Adam Zeltner. Le général Wertmuller n'a pas l'esprit bien tranquille, il ne se fie pas à ses gens, qui aimeraient mieux tourner leurs piques contre les villes, surtout ceux des bords du lac. Il attend aussi d'Ausser-Rhoden deux bannières d'Appenzell qui sont en marche.

—En avant! s'écria Addrich. Allons à sa rencontre! Pourquoi resterions-nous ici comme des poltrons, derrière la Reuss? Pourquoi ne pas nous rendre à la Limmat, et nous camper devant Zurich?

— Addrich, ne dérange pas mon plan, répliqua Schyby. J'ai plus souvent senti l'odeur de la poudre que toi. Nous tenons ici une excellente position, la Reuss devant nous, et appuyés sur Mellingen et Bremgarten que nous occupons. Wertmuller paiera cher son passage sur la Reuss ; ensuite il nous trouvera postés sur les hauteurs, tandis qu'il sera au-dessous de nous, le fleuve au dos. Si les choses vont comme je le désire, nous les culbuterons tous dans l'eau, et nous leur apprendrons à nager. Il faut nécessairement qu'il y ait une affaire générale, et ceux qui n'avaleront pas la poussière iront souper avec les poissons.

— Messieurs, nous traiterons cette question, ce soir, au quartier-général ! dit l'Obmann de la confédération. Les braves soldats qu'Addrich a amenés, ont sans doute besoin de se refaire. Commandant Schyby, assignez-leur un quartier dans le camp ! Monsieur le sous-bailli, comme intendant-général de l'armée, avisez à ce que rien ne manque à ces braves enfans de la patrie ! Quand vous aurez exécuté ces ordres vous vous rendrez à mon quartier, où je vais en ce moment avec Addrich et son adjudant. — Il montra Fabien. — Nous avons d'importantes affaires à discuter !

Tous les chefs obéirent sans murmurer aux ordres absolus du général, et les rangs épais des paysans qui s'étaient rassemblés d'un air curieux autour de leurs généraux, s'ouvrirent pour leur faire place. Addrich et Fabien reçurent pour quartier une maison de plaisance isolée, où résidaient aussi l'Obmann et son état-major. A droite et à gauche de la maison bivouaquait un nombreux corps de troupes qui avaient placé leurs piques et leurs mousquets en faisceaux, et qui préparaient leur repas du soir à la lueur de plusieurs grands feux qu'ils avaient allumés. Des sentinelles se promenaient en long et en large devant l'entrée principale de la maison.

Fabien trouva une distraction à ses inquiétudes dans le tumulte guerrier qui l'environnait. Ce spectacle extraordinaire lui inspirait même quelque enthousiasme, et le tableau de ce peuple rustique, armé pour sa liberté, avait à ses yeux quelque chose de sublime. La résignation générale à tous les sacrifices, la patience et la gaieté de chacun au milieu des fatigues et des privations de tous genres, l'obéissance aveugle avec laquelle on obéissait aux ordres de Leuenberger, tout semblait promettre une heureuse issue à cette grande entreprise. Fabien en doutait d'autant moins, qu'il arriva assez tard dans la nuit messager sur messager, apportant à chaque moment la nouvelle de l'arrivée de nouveaux renforts au camp, et annonçant que Wertmuller n'avait pu rassembler, dans les plaines de Schlier, que tout au plus sept mille hommes,

avec lesquels il s'apprêtait à marcher
contre Luenberger. Quoi qu'il en fût,
Fabien demeura fidèle à ses principes,
et résolut plus que jamais de ne pas
prendre une part active à l'insurrection,
et de se borner à veiller sur les jours
d'Addrich. De son côté, Addrich tint
également parole, et ne réclama de lui
d'autre assistance que celle de sa
science chirurgicale, lorsqu'elle serait
nécessaire; et il avait assez peu de
mérite en cela, car les généraux de
nouvelle création avaient plus songé
jusqu'alors aux moyens de faire des
blessures à l'ennemi, qu'à guérir celles
de leurs soldats, et il ne se trouvait pas
un seul chirurgien dans l'armée. Aussi
traitèrent-ils le jeune Fabien avec beaucoup de distinction, et l'Obmann le
nomma, dès son arrivée, chirurgien-
major de l'armée confédérée, avec ordre de ne jamais s'éloigner du quartier-

général. Cette même nuit, Leuenberger envoya des ordres dans toutes les
villes environnantes, pour se procurer
la toile, les onguens et les différens instrumens que Fabien lui indiqua, et fit
sommer tous les barbiers-chirurgiens
et les physiciens, comme on nommait
alors les médecins, de se rendre au
camp, sous peine de mort.

Le jour suivant, ce fut encore Addrich qui réveilla avant l'aurore son
jeune compagnon encore livré à un
sommeil profond, dans lequel Epiphania lui apparaissait en songe, sous
mille formes séduisantes.

— Debout, debout! lui cria-t-il.
L'homme de guerre doit veiller toujours
ou ne s'endormir qu'à demi. Nous avons
encore mille choses à faire, avant que
d'en venir à celle que nous voulons.
Viens, mon garçon, nous allons par-

courir le camp, pour voir un peu comment nous nous en tirerions, si l'ennemi venait nous faire visite d'ici à vingt-quatre heures. Le commandant Schyby est un homme d'estoc, j'en conviens, et aussi bon à aller en avant avec la langue qu'avec les jambes; mais il y a en lui moins d'or que de cuivre; et il est un peu comme les collecteurs; sa science se borne à galoper tout le jour sans jamais se fatiguer, à boire une tonne sans perdre la tête, et à lâcher un mensonge sans rougir.

— N'avais-tu que cela à me dire? Ce n'était pas la peine de troubler mon sommeil, dit Fabien tout en mettant ses vêtemens.

— Hem! camarade, la vie te touche-t-elle si peu, que le soin de ta santé ne te semble pas plus nécessaire qu'une heure de sommeil? Patience, ta femme qui t'attend aux Mousses te fera tenir davantage à l'existence. Peut-être as-tu raison; au reste, vois-tu, Fabien, c'est la véritable misère de l'humanité que la vie ne soit qu'un si court espace de temps sans cesse traversé par les soucis et les embarras. Il faudrait n'avoir jamais vécu ou ne jamais mourir!

— Voilà donc encore ton exaltation revenue, dit Fabien; que veux-tu dire par ces singuliers discours?

— Oui, n'avoir jamais vécu ou ne jamais mourir! reprit le vieillard; ce serait toujours de l'immortalité, car celui qui n'a pas vécu, sait aussi peu mourir que celui qui ne cesse pas de vivre. La mort est le sommeil; notre naissance un réveil. Il y a des temps où je voudrais dormir sans m'éveiller pendant des jours, des mois, de années, et alors je

maudis la cruauté de la Providence qui
ne m'a seulement pas fait l'aumône d'un
peu d'insensibilité; mais maintenant
je souhaiterais être sans cesse éveillé, et
je me dépite de voir que chaque nuit
vient briser le fil de ma vie active, que
je voudrais continuer sans interruption...

Fabien le regarda en souriant, et lui
dit d'un air surpris : C'est la première
fois que je te vois enjoué, Addrich ;
mais, en vérité, je ne sais pas si je dois
m'en réjouir?

— Réjouis-toi toujours, répondit
Addrich, car le dénouement approche;
moi seul, je me sens assez fort pour jeter
les portes de fer de la prison où nous
sommes relégués, hors de leurs gonds,
et de transporter tout ce peuple, de la
fange obscure où il végète, sous le brillant soleil de la liberté. Zeltner, Leuen-

berger, Brœmer, Schyby, tous reconnaissent et sentent cette vérité; cette nuit, ils ont juré de ne pas faire un pas sans me consulter. Ils m'ont nommé leur maître; ainsi, Fabien, allons inspecter toute cette armée. Je veux non seulement donner et mêler les cartes, mais je veux tout risquer en un coup, afin que personne n'ait le loisir de quitter la partie.

Fabien qui venait de boucler le ceinturon de son épée, lui répondit : Je suis prêt, Addrich, mais il faut que tu sois proche de ta fin, ou à la veille de guérir de ton hypocondrie; car il s'est opéré d'étranges changemens en toi. Tu es devenu aussi confiant et animé, que tu étais inquiet et abattu; c'est la cendre et le limon qui ont été changés en chair et en os. Viens, tu es sur la bonne route, j'espère que le reste s'arrangera.

Addrich sourit involontairement, comme frappé de la justesse de cette observation, et il s'apprêtait cependant à répliquer; mais Fabien l'entraîna avec lui dehors de la maison, et la vue du camp changea tout-à-coup la nature de leur entretien.

CHAPITRE XLII.

—

FÂCHEUSE RENCONTRE.

Addrich et Fabien suivirent les longues lignes du camp jusqu'au Adlers-
berg (1), sur la partie occidentale
duquel le vieux château de Brunegg

(1) La Montagne des aigles. (*Trad.*)

semblait suspendu. C'était une triste matinée ; de lourds nuages grisâtres et uniformes s'étendaient au-dessus de la campagne que le printemps avait déjà couverte de fleurs et de bourgeons ; çà et là s'élevaient des colonnes de fumée, des feux allumés par les paysans transformés en soldats qui préparaient leur repas du matin. On n'apercevait que peu de tentes dans la plaine, et la plupart des confédérés avaient passé la nuit à la belle étoile, étendus sur des amas de foin ou de paille. De distance en distance, on voyait seulement quelques baraques formées de panneaux et de portes appuyés les uns contre les autres, qu'on avait enlevés des maisons, des granges et des écuries dans les villages environnans; ou si l'on distinguait quelqu'autre abri, il était construit en bandes de toiles provenant des chariots à bagages, ou des sacs coupés et joints

5.   1.

les uns aux autres, que l'on avait étendus à l'aide de quelques piques.

La gaieté n'en régnait pas moins dans l'armée. La nouveauté de ce genre de vie, la joie qu'inspiraient les heureuses inventions des uns, pour subvenir aux choses qui leur manquaient, l'hilarité que faisait naître la maladresse des autres, tout contribuait à animer la troupe. Addrich et son compagnon se mêlèrent à la foule, et partagèrent un repas frugal qu'on leur offrit cordialement. Puis ils se rendirent plus loin pour surveiller les avant-postes qui devaient se trouver le long de la Reuss et devant la ville de Mellingen.

Après une marche d'un quart d'heure environ, ils arrivèrent, en traversant la plaine, au bois qui couvrait les hauteurs dont le cours de la Reuss était bordé. Devant eux, à une petite distance, se

trouvait la ville de Mellingen qui domi-
nait le fleuve, et qui était environnée de
murs et de fossés construits selon les
plus strictes règles de l'art. Au-delà et
au-dessus de la ville s'élevait, à une
hauteur prodigieuse, la chaîne sauvage
et couverte de forêts du Heitersberg,
le long de laquelle passait un chemin
inégal qui menait à Zurich.

— Descendons dans cette petite ville
qu'occupent les troupes des francs-bailliages, dit Addrich; nous avons déjà trop
marché dans ces plaines. Les avant-
postes sont dans le voisinage de Wohlenschwyl, sur la hauteur, dans la direction de Lenzbourg. En suivant ce
sentier, nous arriverons indubitable-
ment dans le bourg.

Ils marchaient depuis quelques momens dans ce chemin lorsqu'ils enten-
dirent, à travers les buissons, les cris, les

éclats de rire et les propos joyeux des paysans confédérés, et ils ne tardèrent pas à arriver auprès d'une petite cabane isolée, construite sur une pelouse, au penchant de la montagne, et d'où s'ouvrait une perspective immense qui comprenait la vallée, le fleuve et les monts. Un chêne centenaire qui étendait ses bras noircis au-dessus du toit de chaume de la hutte, semblait vouloir suppléer par compassion à l'insuffisance de sa couverture; le reste de l'édifice semblait devoir sa conservation moins à sa propre solidité qu'à la protection d'un immense bloc de granit, que les révolutions des siècles avaient roulé jusque-là du haut des Alpes, et dont la moitié avait été précipitée par l'effet de sa pesanteur, au moment de sa chute, dans les entrailles de la terre.

—Je parie, dit Addrich en montrant

une petite croix de bois qui ornait la flèche de ce petit édifice, que c'est là le nid de quelque saint fripon. Nous allons faire une visite au frère ermite ; il y a toujours quelque chose à apprendre de ces gens-là.

La porte était restée ouverte. Ils entrèrent dans une petite salle, où l'on voyait, sur une table, deux énormes bouteilles à demi vidées, du pain et de la viande fumée, qui semblaient les débris d'un repas de la veille. Au fond de la chambre, ils aperçurent, étendu sur un sac de feuilles, au lieu de l'ermite, un jeune guerrier qui paraissait plongé dans un profond sommeil.

Addrich qui avait pris les devans, s'arrêta à cet aspect, et se tournant vers Fabien, il lui dit : Si je ne me trompe pas, ce dormeur-là est un coquin qui a mérité de recevoir son once de plomb dans la cervelle. Je vais donner un coup de pied à cette charogne, et nous nous en irons ensuite.

Fabien reconnut alors, dans le dormeur, le capitaine Gédéon Renold. Son cœur battit violemment, et se détournant vivement, il s'écria : Fuyons d'ici ! qu'ai-je à faire avec ce misérable ? La force avec laquelle il prononça ces mots réveilla Gédéon. Il se leva à demi de son lit de feuilles, et contempla d'un regard troublé et incertain les deux figures qui s'offraient à lui, comme des ombres. Plus elles se montraient distinctement à ses yeux, plus ses regards et ses traits exprimaient l'effroi, et ressemblaient à ceux d'un homme qui croit apercevoir une apparition surnaturelle. Son visage pâle et contracté devint encore plus effrayant par le bleu livide de ses yeux et de ses lèvres.

Addrich, qui l'examinait avec attention, éprouva alors une sorte de compassion pour lui, et lui dit d'un air moqueur : Toi ici, Gédéon? que fais-tu
donc dans ce pays? Ne sais-tu pas que
le vagabondage finit par la potence?

— La potence! dit d'une voix sourde
et altérée le capitaine, sans changer
d'attitude. Puis, après quelques instans
de réflexion, il s'écria tout-à-coup,
d'une voix forte et à plusieurs reprises:
Au meurtre! sentinelle, au secours!

—Es-tu dans le délire ? dit Addrich;
ne me reconnais-tu pas ?

— Et pourquoi venez-vous me surprendre dans mon sommeil? répliqua
Gédéon en se levant et en jetant autour
de lui des regards inquiets. Malheur à
celui qui mettra la main sur moi! Sachez

que je commande les avant-postes, et que chaque cheveu de ma tête est gardé, bien que je sois en ce moment sans défense.

Tout en proférant ces menaces, et sans perdre de vue ses deux ennemis, il se traînait insensiblement vers un coin de la chambre; alors il se pencha vivement de côté, saisit une épée qui se trouvait à terre, se couvrit la tête de son chapeau qui était auprès, et l'enfonça fièrement sur son front.

— Maintenant, messieurs, dit-il en se relevant résolument et affermissant sa voix; maintenant, messieurs, je vous invite à vider sur-le-champ les lieux, et à ne pas m'incommoder plus long-temps. Dans le cas contraire, je vous réserve, à l'un comme à l'autre, une petite récompense qui vous causera peu de joie.

—Écoute, dit Addrich, écoute, misérable coquin. Je soupçonne que tu as perdu les deux grains de bon sens qui te restaient, et en vérité, c'est ce qui pourrait te faire le plus d'honneur; car autrement tu mériterais d'avoir les fers aux pieds et aux mains. S'il en est ainsi, il ne faut pas te pendre, il faut seulement te plaindre; mais, dans tous les cas, ceux qui t'ont placé ici en qualité de commandant des avant-postes, ont mis la charrue devant les bœufs. Un fou doit être gardé, mais il ne doit pas garder les autres, et un coquin n'a rien à faire avec les honnêtes gens.

—Silence, et trève de tes insultes, répondit Gédéon, infâme parjure, sinon je t'opère la langue dans le gosier, de façon que tu ne prononceras plus de faux sermens. Je puis en tout temps montrer mon visage, mais toi...

5.   2

— Oh ! oui , dit Addrich en souriant
amèrement, tu peux te montrer quand
il fait sombre , et tu peux vanter à loisir
la grandeur de ta conscience , car elle
est si large qu'on y passerait une char-
rette de foin ; mais tes mains n'en sentent pas moins le brûlé !

— Le brûlé ! s'écria le capitaine hors
de lui. Que les cinquante diables à qui
tu as vendu ta pauvre âme te déchirent!
Quoi, le brûlé ! Et quand on aurait envoyé le coq rouge chanter sur le toit de
ta barraque des Mousses , aurais-tu
mérité quelque chose de mieux? Crois-
tu que je me laisserai tordre le nez par
un émissaire de Satan , comme toi ? Ne
m'as-tu pas promis Epiphania , et n'as-
tu pas pendu cette divine relique au cou
de ce chenapan ? Martyre de Dieu, tête
et sang ! retire-toi ou je t'enfonce ma
lame à six pouces dans le gras des côtes!

Addrich secoua la tête, et répondit
d'un air insouciant : Penses-tu que tes
jurons suédois nous effraient ? Toutefois, je veux bien te donner une réponse.
Ma nièce est devenue la femme de ce
brave garçon, parceque tel a été le désir de ma fille mourante, et la volonté
d'Epiphania. Je ne t'avais pas répondu
du consentement de Fany, et elle te
haïssait de tout son cœur. Et tout cela
eût été autrement, que j'eusse plutôt
donné la fille de mon frère à un valet
d'écurie ou à un gardien de pourceaux,
qu'à un incendiaire comme toi !

— Bien, bien ! dit Gédéon d'un ton
moqueur. Triomphez, banquetez, sau-
tez ; je me charge, moi, du repas de no-
ces. Vous trouverez des nèfles dans le
lit et de la vermine de lansquenet dans
la ruelle. Tu sauras ce qu'il en coûte
pour narguer un digne officier. J'ai vu
d'autres majestés !

— Et moi aussi! reprit Addrich. J'ai parcouru le monde, au loin et au large, en-deçà et au-delà des mers, et, sur l'honneur, je n'ai jamais rencontré un coquin fieffé, et un batteur de buissons aussi dangereux que toi.

— Avec votre permission, laissons l'honneur hors du jeu, s'écria Gédéon. Il y plus d'un homme d'honneur par le temps qui court, qui passe la mer et ne s'y noie pas, parceque son destin est d'être pendu. Et maintenant allez secouer votre poussière plus loin, ou bien... (A ces mots, il tira son épée.) Ou bien, je vous envoie souper avec le diable, foi de cavalier!

Il avait à peine prononcé ces paroles, que Fabien, qui avait jusque là gardé le silence, s'élança vers lui l'épée haute, et lui cria en poussant Addrich qui voulait le retenir : Allons, en garde, beau nourrisseur de salamandres !

—Oh! Dieu m'en préserve! répondit Gédéon d'un air de mépris, je te ménage, toi ; car tu es né pour porter le bonnet jaune, et je te garde pour que tu me voies livrer ta maîtresse à discrétion à mes braves soldats.

Addrich se jeta sur Fabien, et arrêta son bras : Fabien, lui dit-il, ne salis pas ton épée sur ce chien hargneux!

Tandis qu'ils luttaient ensemble, on entendit appeler à grands cris le capitaine, et une troupe de paysans armés ne tarda pas à entrer dans la cabane, en criant : Venez, capitaine! l'ennemi approche! l'ennemi!

~~~~~~

CHAPITRE XLIII.

—

LES AVANT-POSTES.

Cette circonstance inattendue changea subitement la scène qui se passait dans l'ermitage. Il est vrai que le capitaine continua de tonner contre Addrich et Fabien; il est vrai aussi qu'il ordonna à ses gens de leur arracher leur épée et de les emmener prisonniers;

qu'il exhala long-temps encore sa rage par tous les juremens qu'il avait recueillis parmi les troupes allemandes, qu'il maudit la mauvaise discipline de sa *soldatesca*, la négligence de ses sentinelles, qu'il promit de les faire mettre au cachot pendant vingt-quatre heures, au pain et à l'eau; mais personne ne l'écouta. Les insurgés se criaient les uns aux autres que l'ennemi arrivait par Mellingen, que la ville était au pillage, et qu'il fallait lui porter secours; une foule de propos semblables dictés par la frayeur se faisaient entendre. La foule et le tumulte augmentaient à chaque moment devant l'ermitage; et il arriva sans cesse de nouvelles troupes de paysans avec ces cris : Aux armes! capitaine! Mellingen est pris! Nous sommes trahis! Écoutez, écoutez! On tire dans la ville! Tout est vendu aux Zurichois!

Des messages de cette nature étaient bien propres à distraire le capitaine de sa colère et à donner une autre direction à ses idées, d'autant plus que quelques voix dans la foule s'élevaient contre la mollesse du commandant. Ne veut-il pas sortir? disait-on; nous allons choisir un autre capitaine. Se cache-t-il sous le foin? A-t-il peut-être déjà reçu de l'argent de Zurich, et veut-il se sauver les mains pleines? Qu'il sorte! qu'il sorte!

Gédéon repoussa la foule qui s'était introduite dans la cabane, et Fabien se trouva, ainsi qu'Addrich, emporté par le flot sur l'esplanade. Le capitaine vint se placer devant les soldats, et commanda le silence : Qu'est-ce que c'est qu'une troupe semblable? leur cria-t-il. Ne savez-vous pas respecter la charge de commandant, que vous accouriez ainsi de vos postes et du camp

sans ordre de vos officiers ? Avec un
semblable libertinage et une licence
pareille dans nos rangs, l'ennemi est
sûr d'avoir l'avantage dès la première
escarmouche. Drôles que vous êtes, il
faudra bien que vous vous accoutu-
miez à l'obéissance, au courage et aux
bonnes manières de la guerre!

— Mais, commandant, s'écria un
paysan de la troupe, fermez donc un
peu la bouche, et ouvrez vos yeux;
vous verrez vous-même l'ennemi hors
de Mellingen, sur le pont de la Reuss.

— Silence, maraud, avec ton insolence! dit Gédéon irrité de ce manque
de respect. Le premier qui desserrera
les dents, je veux que dix mille mil-
lions de tonnerres et de diables...

— Dieu nous protége! s'écria un

grand rustre placé au premier rang,
nous avons demandé un pieux officier
pour capitaine, et non pas un jureur
et une bouche à malédictions de ton
espèce. Je te conseille en ami de ne
plus nous lancer tes complimens dia-
boliques; nous sommes et nous voulons être d'honnêtes chrétiens, craignant
Dieu et l'enfer. Il ne faut pas que nous
nous exposions pour toi à la punition
du ciel. Il faudra bientôt faire le signe de
la croix toutes les fois que tu parleras.

Comme ces peroles paraissaient ex-
primer assez fidèlement les dispositions
de la multitude armée qui environnait
Renold, et que les uns murmuraient
avec humeur, tandis que les autres
branlaient la tête ou sortaient des rangs
d'un air mécontent, le capitaine changea aussitôt de ton : Eh! que signifie ceci
et cela? dit-il. Les soldats sont généra-

lement de mauvais prêtres, la chose est connue. Vous bâtissez volontiers des églises au milieu de vos villages; mais vous aimez mieux entendre le bruit des verres que celui des cloches. En avant! mes braves camarades, montrons à l'ennemi que nous savons faire diligence. Nous jouons à la hergne (1), le valet vaut l'empereur, le pape, le seigneur et le bailli! En avant, marche!

La troupe se mit aussitôt en mouvement, et s'en retourna par où elle était venue. Avant que de la joindre, Gédéon jeta encore un regard menaçant sur Fabien et Addrich, en leur criant : Je garde votre castigation pour une autre occurrence, *Addio!* Il s'éloigna en suivant, ainsi que ses soldats, le bois qui

---

(1) C'était un jeu qui était encore usité au dix-septième siècle parmi les gens du peuple, dans lequel les plus basses cartes comptaient le plus.   (*Trad.*)

couvrait la route jusqu'au prochain village.

Fabien remit son épée dans le fourreau, et suivit des yeux le capitaine, levant les épaules avec mépris. Addrich, dit-il, je dois te remercier de m'avoir exempté de souiller cette épée dans un sang aussi impur. Le misérable! notre vue l'avait rendu stupide d'effroi; il craignait notre juste vengeance, cet incendiaire. N'as-tu pas vu comme il tremblait jusqu'au moment où il eut enfin trouvé son épée et couvert sa retraite? Alors il se mit à vomir ses imprécations, le traître!

Addrich, qui était assis sur un rocher couvert de mousse au bord du revers de la montagne, et qui examinait la plaine de Mellingen, la main et le menton appuyés sur le pommeau de son épée, répondit brièvement : Laisse - le en paix, nous avons à nous occuper de choses plus importante. Laisse-le.

—J'ai été souvent étonné, Addrich, que tu le souffrisses avec toi, dans ta maison.

—Il faut bien souffrir ce que le ciel souffre lui-même, et s'en servir comme il le fait. Il y a des aigles et des vers à charogne. Si j'avais su maintes choses que j'ignorais! Epiphania elle-même se plaisait autrefois à le voir.

— Le perfide! Elle l'abhorrait intérieurement.

— Léonore, ma pauvre Eléonore, l'aimait aussi jadis. Elle l'aima jusqu'à ce qu'elle eût reconnu la noirceur de son âme. Elle l'a avoué; il y a peu de

temps, à Epiphania, et maintenant je
m'explique bien des choses.

— La pieuse, la sainte Lorely? Non,
c'est impossible.

— Hem, tout cela est dans l'ordre.
La nature a ses bizarreries; elle accouple
les êtres et les choses les plus opposées.
La lumière est toujours suivie de l'ombre, les beaux jours de l'orage, le bon
grain pousse au milieu des chardons.
Peste! ce sont les Zurichois! La garni-
son des francs - bailliages s'est rendue
sans brûler une amorce. Qu'ont ces im-
béciles à courir de droite et de gauche
dans la plaine, au lieu d'aller coigner
cette bande de Zurichois.

Pendant qu'il parlait ainsi, on entendait les tambours résonner de deux côtés
à la fois, dans la commune de Bublikon

et dans celle de Wohlenschwyl, et quelques compagnies de troupes des cantons suivies de plusieurs détachemens de cavalerie et de canons, sortirent des portes de Mellingen et entrèrent dans la plaine. Bientôt elles se déployèrent en un assez bel ordre de bataille; et comme Addrich, placé sur la montagne, ne perdait pas un moment des yeux tous les mouvemens de l'ennemi, il aperçut à sa gauche, sur la route de Baden, au-delà de la ville, les longues files de l'armée urbaine qui s'avançaient dans la plaine, et il vit aussi à droite, sur les hauteurs du Heitersberg, briller des armes et flotter des étendards qui se montraient çà et là dans les bois à travers quelques clairières.

Les deux spectateurs, qui s'étaient arrêtés devant l'ermitage, contemplaient ce tableau majestueux dans le plus grand silence. De nouvelles troupes sortaient sans cesse des portes de Mellingen dans la plaine, et allaient se ranger auprès d'une antique chapelle.

— Que dis-tu maintenant de cette affaire? demanda enfin Fabien à son compagnon.

—Les choses vont comme elles doivent aller, dit Addrich. Que nous importe Mellingen? Il faut que les troupes des villes s'avancent, afin que nous puissions les attaquer et les culbuter dans la rivière. Wertmuller pense que nous sommes faibles, il ne tardera pas à être surpris de notre nombre.

— Vois là-haut, Addrich! s'écria Fabien; les Zurichois amènent les corbeaux avec eux, tant ils sont sûrs de leur préparer un bon régal.

En effet, une nombreuse bande de ces oiseaux voltigeait en ce moment au-dessus de la ville et de l'armée.

—Ces animaux ont, dit-on, un instinct précieux; ils ont sans doute trouvé aux pauvres Zurichois, à demi morts de peur, une odeur de cadavre.

En disant ces paroles d'un ton railleur, il dirigea ses regards vers le ciel, et aperçut une nuée de corbeaux qui voltigeait au-dessus des bannières des troupes urbaines. Aussitôt ses traits se rembrunirent et prirent une expression effrayante, car il se souvint involontairement de ces vers qu'il avait entendu chanter à Éléonore dans une nuit de délire:

Le ciel se charge de nuages ,
Voyez au loin fuir ces corbeaux!
Leur vol, précurseur des noirs orages ,
Se dirige vers des tombeaux.

5.   2.

O mon père! crains de t'égarer!
Je vois là-bas de tristes ombres;
Loin de nous vont-elles t'entraîner?...
O mon père! fuis leurs regards sombres!

—Ton maintien annonce moins d'assurance que tes paroles, Addrich! dit Fabien, à qui le changement subit qui s'opéra dans les traits de son compagnon ne put échapper.

—Hem! murmura le vieillard, en essuyant ses yeux humides avec le dos de sa main; c'est une triste chose que la raison humaine, parvenue à son plus haut degré, touche de si près à la superstition, et qu'un fol hasard nous fasse faire la même grimace que la plus sage prévision. Mais silence... Voici du nouveau... Vois nos gens se déboucher par la route de Mellingen, le long des lisières du bois. Reconnais-tu Gédéon qui se tient toujours à vingt pas en avant de sa troupe. Ce démon a du cœur ! Il est soldat depuis les cheveux jusqu'aux talons. Voyons un peu ce que ce drôle-là va faire !

L'attention d'Addrich et de Fabien fut tendue au plus haut degré, en apercevant plusieurs petites troupes, formant au plus entre elles une centaine d'hommes, s'avancer bravement vers les Zurichois postés contre la chapelle. Gédéon Renold était parfaitement reconnaissable à la démarche fière et assurée qui lui était particulière, et à son brillant costume suédois. Il fit faire halte à ses gens, et les plaça dans un ordre plus régulier. Ceux-ci lançaient mille sarcasmes aux Zurichois, et les provoquaient en élevant leurs chapeaux au-dessus de leurs têtes, ou exprimaient leur mépris par des gestes infiniment moins honorables, et tels que le peuple a coutume d'en faire, parcequ'ils ont plus de rapport avec l'énergie de son langage. Cependant un bataillon assez nombreux se détacha des rangs de l'armée urbaine, et marcha, tambour battant, à la rencontre des rebelles. Avant qu'on se trouvât à la portée du mousquet, des coups de feu avaient déjà été échangés. Les arquebusiers de Renold formaient le premier rang, et les hallebardiers étaient placés derrière eux, la pique en arrêt; ils semblaient tous disposés à attendre l'ennemi de pied-ferme.

Lorsque les Zurichois se trouvèrent à demi-portée de mousquet, ils s'arrêtèrent par un mouvement subit et régulier; les tambours des insurgés battirent alors un roulement, et l'on entendit distinctement le cri de commandement de Gédéon. Aussitôt les paysans, redou-

blant leur feu, se jetèrent avec d'affreux
hurlemens sur leurs adversaires. Les
immenses piques du second rang s'avançaient entre chaque soldat du premier,
comme les dents d'un long peigne, et
pénétraient profondément dans la ligne
ennemie, qui recula, se débanda, et se
mit bientôt à s'échapper en désordre.

— Victoire! s'écria Addrich en se levant de la pierre sur laquelle il était assis ; son visage rayonnait de joie, et sa
taille semblait avoir grandi spontané-
ment, tant il déployait ses membres
avec fierté. Mais son cri de victoire se
perdit en une sourde malédiction, lorsqu'il vit les soldats vainqueurs se retourner tout-à-coup et fuir en toute hâte
vers le bois. Les Zurichois venaient de
faire avancer plusieurs pièces d'artillerie
de campagne; et un feu terrible avait
accueilli les bandes des insurgés qui ac-

couraient en désordre. Dès qu'ils commencèrent à se retirer et à prendre la
fuite, la cavalerie ennemie se mit à leur
poursuite par escadrons détachés, et s'é-
tendit sur leurs traces, comme un sombre nuage qui se déroulait dans la plaine.
Un grand nombre de paysans furent
faits prisonniers ; d'autres tués et d'autres blessés. On voyait le front de bataille de Mellingen vomir bataillon sur
bataillon dans la plaine et sur la route
de Lenzbourg. De moment en moment,
un épais nuage d'un blanc grisâtre s'é-
levait des rangs ennemis, et une lueur
vive et rapide annonçait une nouvelle
décharge de leurs bouches à feu.

Addrich secoua la tête d'un air dou-
loureux: Fabien ! dit-il, il est temps que
nous regagnions le camp ; ici il s'agit
plutôt de fuir que de combattre! Ce
coquin de Gédéon? On devrait le faire

mettre dans un mortier et le lancer contre l'ennemi! Puisqu'il n'avait pas d'arrière-garde pour l'appuyer, il n'aurait pas dû venir attaquer toute la ligne avec une poignée de monde; le maudit rodomont! J'en rendrai bon compte à Leuenberger.

—Écoute-moi, Addrich, répondit Fabien. Prenons plutôt le chemin des Mousses, pour y sauver tout ce que nous pourrons enlever. Mauvais commencement annonce mauvaise fin.

— Oh! oh! ce serait renoncer un peu trop tôt! dit Addrich. Nous en verrons bien d'autres dans quelques jours; nous n'avons pas encore brûlé toute notre poudre. Il ne faut pas confondre Schyby avec cet enragé aboyeur de Gédéon, et notre armée avec cette canaille d'avant-poste.

Tout en parlant ainsi, les deux amis se rendaient au camp, plus diligemment qu'il n'étaient venus.

CHAPITRE XLIV.

—

LA CAPITULATION.

La fâcheuse nouvelle de l'entrée de
Wertmuller dans Mellingen, et de l'en-
lèvement des avant-postes de Bublikon
et de Wohlenschwyl, était déjà connue
dans le camp lorsque Fabien et Addrich

y arrivèrent. Les paysans, assemblés en grandes troupes, tenaient conseil dans les champs. On lisait l'abattement et l'inquiétude sur tous les visages.

La terreur régnait même dans le quartier général, où Leuenberger parlait encore d'une voix mal assurée des renforts présumables qui arriveraient incessamment au camp. Christen Schyby seul, vivement secondé par Addrich, entretenait le courage des autres dans le conseil de guerre, et demandait l'attaque, plein de confiance dans le désespoir du peuple et la supériorité du nombre.

On craignait de voir l'ennemi se présenter déjà devant le camp, et tout le monde demeura sous les armes. Mais lorsque la nuit se fut passée tranquillement, et que le jour suivant, qui était un dimanche, se fut aussi écoulé sans

qu'on eût entendu un seul coup de feu,
les insurgés commencèrent à revenir de
leur première frayeur, et leur ardeur
abattue se ranima de nouveau. Ce fut
alors à qui montrerait le plus de résolution, et les compagnies en armes
envoyèrent des députations à Leuenberger, pour le prier de les conduire à l'ennemi. Christen Schyby fixa le mardi
pour le jour de l'attaque générale, et fit
part de ses plans au conseil de guerre. Il
avait lui-même reconnu le camp de l'armée des villes, et il l'avait trouvé proté-
gé d'un côté par des tranchées ouvertes
sur une de ses faces, et de l'autre par des
palissades coupées dans la forêt; et sou-
tenues par douze pièces de grosse artillerie, dix pièces de campagne, deux
couleuvrines et deux mortiers. Il fit
donc garnir les hauteurs du Haglingen
de troupes nombreuses qui étaient des-
tinées à tourner le camp ennemi par Te-

gerig et la Nigelweid; et tandis que d'autres troupes observaient, inquiétaient Bremgarten, il se disposait à faire en personne une attaque du côté de Wohlenschwyl avec le gros de l'armée.

On s'occupait encore le lundi de l'exécution de ce plan, lorsque les sentinelles avancées firent savoir que l'ennemi était en marche vers le camp. On prit aussitôt les armes. Les compagnies éparses se rassemblèrent, et Leuenberger passa en revue de seize à vingt mille hommes, à la tête desquels il sortit du camp tambour battant et enseignes déployées.

A la vue de cette nombreuse armée, l'ennemi fit halte. Il ne s'élevait qu'à environ trois mille hommes, qui étaient sous le commandement du colonel Wertmuller, parent du général de Zurich, et qui avait été envoyé pour reconnaître

la position et la force des insurgés. Un
trompette se détacha en parlementaire
sur la route, et demanda à parler au
commandant. Leuenberger, entouré de
ses officiers, ordonna à ses troupes de
faire halte sur le front de bataille, et se
prépara à entendre le message du hé-
raut. Celui-ci l'engagea, au nom du
colonel, à éviter l'effusion de sang, et
à entamer quelques négociations avant
que de commencer les hostilités,

— Je ne le souffrirai pas! s'écria Addrich, quand on se fut rassemblé en
conseil de guerre, que Leuenberger con-
voqua aussitôt à quelque distance, derrière les troupes. En avant! cernons
cette petite armée, écrasons, anéantis-
sons-la! Cela affaiblira l'ennemi de plus
de la moitié de ses forces, jettera la
frayeur et la confusion dans le reste, et
rendra le courage à nos gens.

—Non! s'écria Schÿby, qui voyait ses plans dérangés par l'apparition subite de l'ennemi; non, non, un peu de patience. Accordez-moi seulement vingt-quatre heures de délai, et je remets demain matin Wertmuller et tout son camp en votre pouvoir. Si vous précipitez la chose, l'oiseau s'envolera et se perchera sur une meilleure branche. Agissez à coup sûr; négociez, promettez des monts d'or, la paix, votre soumission, tout ce qu'on voudra; mais faites seulement que j'aie jusqu'à demain huit heures pour faire mes dispositions.

Addrich perdit son éloquence à démontrer la nécessité d'une attaque. Schÿby, qui en sa qualité de tacticien, jouissait de la confiance générale, l'emporta, et Addrich lui-même reçut ordre, ainsi que plusieurs autres membres du conseil, de conclure avec les chefs de

l'armée ennemie un armistice jusqu'au
jour suivant. Le colonel Wertmuller de
Zurich, et le colonel Nuhum de Schaff-
house qui était venu le rejoindre, enten-
dirent avec grande joie cette proposition,
et exhortèrent chaudement les confédérés à faire la paix, leur promettant un
pardon général pour tout ce qui était
arrivé. Et, en effet, les deux colonels
firent rétrograder leurs troupes; l'armée
des confédérés les imita, et retourna
dans son camp.

Là on s'occupa avec une grande ac-
tivité à exécuter les plans de Schyby,
qui consistaient à tourner l'aile gauche
de Wertmuller, à attaquer son centre
par Bublikon et Wohlenschwyl, et à culbuter toute son armée dans les flots de la
Reuss. En même temps les troupes coalisées, rassemblées près de Villmergen,
devaient attaquer la petite ville de Brem-

garten et l'occuper, ainsi que le pont de la Reuss.

On se prépara, long-temps avant le lever du jour, à se mettre en marche ; mais les rayons du soleil répandaient déjà leur chaleur et leur clarté à travers les brouillards qui s'élevaient des vallées, avant que les bandes éparses de ces soldats inexercés eussent été démêlées les unes des autres, et dirigées vers les différens point qu'elles devaient occuper. La lenteur de ces mouvemens eût permis aux généraux des villes de se préparer, dans leur camp de Mellingen, contre toute surprise, alors même que leurs espions ne les eussent pas instruits dès le soir que le col de Bremgarten était menacé par de nombreuses bandes qui s'avançaient avec précaution. Toutefois ils n'eurent eux-mêmes pas moins de peine à mettre l'ordre parmi

leurs soldats peu exercés au maniement
des armes, et à faire marcher leur cavalerie, qui consistait en cinq cents hommes, soutenue par trois mille fantassins
et huit pièces de campagne, au secours
de ceux de Bremgarten.

Cette lenteur ne leur fut pas défavo-
rable, car le colonel Wertmuller s'était
à peine mis en marche depuis un quart
d'heure, en suivant le cours de la Reuss,
qu'il rencontra les troupes coalisées, qui
remontaient le cours du fleuve, selon
les ordres de Schyby, pour aller surprendre le camp de Mellingen. A cette
rencontre inopinée, les deux armées
furent également stupéfaites, et firent
halte, sans qu'on en eût donné l'ordre.
Christen Schyby, qu'Addrich et Fabien
avaient suivi, parceque le vieil habitant
des Mousses s'attendait à voir décider
l'affaire de ce côté, se remit plus promp-

tement de sa surprise que son adversaire. Il fit avancer les deux ailes de son armée, tandis que le centre demeurait immobile, pour placer les bataillons ennemis comme entre les branches d'une pince, et les écraser en les resserrant entre deux feux.

Le roulement des tambours, le bruit de la mousqueterie, le feu des canons, eurent lieu avant qu'on fût à portée de s'atteindre et de se nuire. Il semblait que l'on s'attachât surtout à effrayer son ennemi par le bruit effroyable que répétaient plusieurs fois les échos des montagnes et des forêts. Bientôt on entendit au-delà des bois, du côté de Wohlenschwyl, de nouvelles détonations de mousqueterie. La longue aiguille d'un cadran se meut plus rapidement que ne le firent les deux ailes du corps d'armée de Schyby, qu'il fit avancer en demi-

cercle; tandis que la cavalerie de Zurich
et de Schaffhouse exécutait lestement
plusieurs charges contre les deux ailes
qui se rapprochaient avec lenteur, es-
sayant ainsi de les entamer. Le flotte-
ment des étendarts, les rugissemens des
insurgés, le retentissement des coups de
mousquets, effrayaient et faisaient ca-
brer les chevaux, qui avaient été enlevés
aux occupations paisibles du moulin et
de la charrue, et qui étaient plus inac-
coutumés encore à ce tumulte que leurs
cavaliers; et ceux-ci avaient plus à lut-
ter contre l'opiniâtreté rebelle de leurs
montures, qu'avec l'intrépidité de leurs
adversaires. Aussi voyait-on presque
tous les escadrons se débander à mi-
route, et revenir à toute bride comme
saisis d'épouvante.

Cependant le courage semblait aug-
menter dans les deux armées avec la

durée du combat, surtout quand chacun n'aperçut auprès de soi que peu de
morts et de blessés, tandis qu'on suppo-
sait qu'il devait s'en trouver un grand
nombre dans les rangs opposés. Les
bandes de Schyby qui, par la couleur
uniforme de leurs blouses de laine
rouge, paraissaient sur le vert des prairies comme une énorme ligne de sang
demi-circulaire, commençaient à s'a-
vancer avec plus d'ardeur.

—Vois les pinces rouges de Schyby!
s'écria Addrich qui venait de gravir avec
Fabien un monticule d'où l'on apercevait les mouvemens des deux armées.
Elles commencent à se fermer, et elles
serrent cruellement les côtes de tous
ces petits gentilshommes.

Le combat s'animait, les coups de feu
devenaient plus répétés, un vaste nuage

de fumée, continuellement alimenté par le feu des mousquets et de l'artillerie, couvrait les deux armées et remplissait l'espace qui existait entre elles. Bientôt, à peu de distance du champ de bataille, on vit s'élever une immense colonne de vapeur d'un gris noir qui montait en tourbillonnant vers le ciel : c'était le village de Wohlenschwyl qui était la proie des flammes.

Addrich, dans une attente pénible, se tenait immobile, les regards fixés sur le nuage blanchâtre que formait l'explosion de la poudre, et sur les troupes de combattans qu'on apercevait de temps en temps pendant quelques instans et qui disparaissaient aussitôt. Les bruits divers qui arrivaient à son oreille lui semblaient, sans qu'il pût s'en rendre compte, de funeste présage, et les pensées les plus sinistres s'offraient à son esprit. Tout-à-coup il poussa un grand cri. L'arc rougeâtre que formaient les insurgés, venait d'être rompu par le feu de l'artillerie de Wertmuller, et les bandes de Schyby s'étaient mêlées entre elles par leurs propres mouvemens, tandis que la ligne de bataille des villes restait immobile et dans le plus bel ordre. La grosse artillerie de Zurich et de Schaff-house frappa sans interruption dans les rangs profonds et mêlés des paysans, et à l'aspect de la destruction rapide et de la mort qui les atteignait de toutes parts, ils se mirent à fuir avec toute la vitesse que donne la terreur. Lorsque les deux ailes de la réserve des insurgés qui se tenaient à quelque distance, virent les champs et les prés se couvrir de fuyards, elles se mirent aussi à faire retraite, mais elles coururent moins de dangers que les bataillons débandés, qui furent poursuivis et sabrés par la cava-

lerie ennemie. Les cavaliers ne se ris-
quaient pas à attaquer les rangs de ceux
qui avaient gardé une sorte de régularité
dans leur retraite, et la réserve eut ainsi
peu à souffrir de cette défaite. Wertmuller lui-même ne poussa pas plus loin sa
victoire, soit qu'il se défiât de l'habileté
de ses troupes, soit qu'il craignît une
nouvelle attaque de l'ennemi.

Cette affaire avait duré près de trois
heures. Wohlenschwyl, quelques ha-
meaux où l'on s'était battu, étaient ré-
duits en cendres. Les vainqueurs et les
vaincus retournèrent prendre leurs anciennes positions.

Pendant que Fabien, suivi de quelques aides, exerçait son bienfaisant ministère sur les blessés, Addrich parcourait d'un air sombre toute l'étendu du
camp, et partout il y trouvait les paysans

frappés de découragement et de terreur.
Ils étaient rassemblés en grand nombre,
dans les différens quartiers, se deman-
dant ce qu'il y avait à faire? Beaucoup
doutaient de la possibilité de résister plus
long-temps aux forces des villes, d'autres
pensaient qu'il ne fallait pas encore dés-
espérer de la cause, et remettre, disaient-
ils, les mains dans les poches, la déchi-
rure n'étant que fort petite et pouvant
être réparée. Cependant aucun des capitaines n'osait prendre le commandement, et l'obéissance s'était entièrement
retirée des soldats. Addrich s'éleva avec
force contre la lâcheté des insurgés,
mais sa voix retentissante fut à peine
entendue, tant chacun était occupé de
son propre salut..

Au milieu de la nuit, Addrich vint
trouver Leuenberger dans son quartier,
où les chefs de l'insurrection et l'Ob-

mann étaient déjà rassemblés. Ils le saluèrent tous d'un air consterné et lui
demandèrent quelle était son opinion.

— Un bon avis vaut de l'or! dit Leuen-
berg. Parle, l'homme des Mousses, ton
marteau touche toujours la tête du clou.

—En ce moment surtout, dit Addrich
amèrement, on ne peut manquer de toucher juste. En avant à la victoire, ou
en arrière à la potence! voilà le choix
que vous avez à faire. Nous aurons
perdu la partie quand nous quitterons
le jeu. Les coquins n'ont attrapé des
coups que parcequ'ils tendaient le dos
pour en recevoir.

— Par saint Niklaus! s'écria Schyby,
tu es le seul homme de cœur que je con-
naisse! Je dis que nous devons aller attaquer cette nuit même avec l'épée le
camp des gentilshommes à Mellingen,

5.   3.

le ravager de nos mains, et égorger tout ce qui se trouvera de vivant!

Addrich opina de la même sorte, et démontra tout l'avantage de cette attaque. On discuta sur cette question, sans pouvoir s'entendre, jusque fort avant dans la nuit. Enfin, on résolut d'attendre jusqu'au lendemain matin, afin que les troupes se trouvant reposées pussent agir avec plus de résolution et de courage.

Mais, dès le lever du jour, les fâcheuses nouvelles se succédèrent sans interruption. On apprit qu'un grand nombre de paysans avaient quitté un à un le camp pendant la nuit pour retourner dans leurs villages. Puis, qu'après de longues délibérations, une députation de quarante homme était allée chercher, au nom des insurgés de Berne, de Lucerne, de Soleure et de Bâle, le curé Hemman, du village de Wolhen-schwyl, et s'était rendue avec lui dans le camp des villes, où le bourguemestre Waser s'était aussi rendu de Zurich. Les députés avaient ordre de promettre une soumission générale, si les ville accordaient des conditions modérées, et si elles s'engageaient à rendre le sort des gens de la campagne plus supportable.

— Voilà enfin que la mesure est comblée! s'écria Addrich hors de lui à l'Obmann et aux autres chefs qu'il trouva dans la salle du conseil. Toute la coalition est dissoute, et la faute en est à ce cœur de lièvre qu'on nomme Leuenberger! Pourquoi n'as-tu pas permis à Schyby d'aller attaquer le camp ennemi pendant la nuit? Nous serions à cette heure à table à Mellingen, ou à déjeuner dans le paradis! Maintenant tous ces chiens couchans s'en vont la tête et la queue basses, ramper sous le fouet des seigneurs.

Leuenberger ne répondit pas à cette interpellation, et continua de se promener de long en large, paraissant absorbé dans ses réflexions.

— Eh bien ! allez tous ensemble dans l'enfer! s'écria Christen Schyby. Bon voyage ! Je vais rejoindre mes Lucernois et mes Entlibuchois! En deux mots, je les aurai ramenés à la raison. Nous ne capitulerons pas, et nous gagnerons du pays !

A ces mots, il s'éloigna. Leuenberger pâlit; les yeux d'Addrich étincelèrent et son visage se couvrit du plus vif vermillon. Il enfonça d'un coup de poing son chapeau sur son front, et

s'écria : Eh! l'Obmann de la bonne
ligue, as-tu encore quelque bonne résolution dans ton sac, comme il convient
à un homme, ou n'as-tu que du vent
dans la bouche comme à ton ordinaire?

— Quand un homme doit périr, tout
s'unit pour le perdre, dit Leuenberger
d'une voix affaiblie?

— Péris donc! lui cria Addrich d'un
air de souverain mépris. Je vais auprès
de mes Oberlandais; ils n'auront pas
envie sans doute de se faire accrocher
au-dessus des portes de Mellingen. Les
hommes du pays de la Saana ont de la
moelle dans les os! Il s'éloigna, et tira
si violemment la porte sur lui, que
toute la maison en fut ébranlée.

Vers midi, les députés des paysans
revinrent du camp de Wertmuller. Ils

annoncèrent qu'il fallait déposer les armes, se disperser, et livrer l'acte de coalition. A ces conditions, on leur accordait amnistie pour le passé.

Les corps de l'armée s'assemblèrent en autant de conseils qu'il y avait de troupes de différens cantons. Après de tumultueux débats, ils se rangèrent tous, les uns après les autres, au parti de la soumission. Ceux du canton de Lucerne seuls repoussèrent le pardon qu'on leur offrait, et se mirent en ordre de marche avec armes et bagages. Les montagnards de l'Oberland, placés à l'autre extrémité du camp, ne tardèrent pas à imiter leur exemple, et se présentèrent en bon ordre, l'arme au bras, prêts à regagner leurs montagnes natales.

Leuenberger tenait encore conseil avec le reste de ses officiers, lorsque

les paysans vinrent se ranger devant
son quartier, avec plusieurs drapeaux
blancs à leur tête; quelques coups de
canon que tirèrent les insurgés , annoncèrent à l'armée des villes que les conditions étaient acceptées.

CHAPITRE XLV.

—

LES SUITES DE LA GUERRE.

— Partons , partons! cria Addrich à son jeune ami, lorsque après l'avoir long-temps cherché , il l'eut trouvé sous une grange, activement occupé à parcourir les longues files de blessés qu'on avait étendus sur la paille. Ne tourmente pas plus long-temps par ton art ces pauvres pécheurs. Heureux sont les morts !

Fabien lui dit, sans se laisser distraire des soins qui l'occupaient : Ta tâche est achevée, Addrich; maintenant la mienne commence. Je n'abandonnerai pas ces malheureux avant que j'aie posé le dernier appareil.

— Garçon, reprit Addrich, ne te donne pas la peine de raccommoder ces créatures de Dieu; tu n'en retireras de salaire ni sur la terre ni dans le ciel. Viens, laisse à ces pauvres âmes la porte ouverte, pour qu'elles puissent s'envoler au pays de l'éternelle liberté. Viens, tous nos héros courent déjà les champs, en se disant qu'on ne devient vieux soldat que loin du canon! Dans quelques heures tu resterais seul avec les cor-

5. 4

beaux auprès de ces mourans. Demain sera un jour de fête pour le bourreau, tâchons de n'y pas assister.

Le vieillard continua d'entretenir le jeune chirurgien de ce ton qui semblait celui du désespoir, s'égayant de sa propre misère. Fabien cessa de lui répondre et continua, aidé de quelques barbiers-chirurgiens, à remplir son honorable ministère, jusqu'à ce que le dernier homme eût été pensé. Cette opération dura jusqu'au commencement de la nuit. Alors il se tourna vers Addrich, et lui dit : Je suis prêt à te suivre. Parle, où veux-tu te rendre ? Le pays de Suisse ne t'offre plus d'asile ; fuis au-delà du Rhin.

— Fou que tu es ! s'écria Addrich en saisissant son bras et en l'entraînant sur la route de Lenzbourg ; un homme libre trouve partout un asile. La mort ne craint ni les prisons ni les bourreaux; je suis partout mon maître. Je ne passerai pas le Rhin. Viens; gagnons les Mousses, je veux embrasser encore une fois ma pauvre fille. Tu resteras auprès de Lorely jusqu'à ce qu'elle ait vu finir ses misères. Alors je te donne, ainsi qu'à Épiphania, tout droit sur ma ferme et ma maison, tu en disposeras à ton gré. Jamais je n'y reviendrai. Je vous quitterai pour toujours; que personne ne songe plus à moi!

— Triste fin que j'avais prévue! dit Fabien en soupirant; et il doubla le pas, car le vieil Addrich marchait avec rapidité. Pourquoi avoir méprisé mes avis? Tout est perdu maintenant! Les villes tireront une vengeance terrible, et elles exposeront sur leurs places publiques autant de chemises trempées dans le sang qu'elles trouveront de blouses écarlates sur le champ de bataille de Mellingen.

— C'est ce misérable Leuenberger qui a tout perdu ! s'écria Addrich avec fureur. Fais attention à ce que je te dis, Fabien ; tu le verras mourir dévotement entre des prêtres et des bourreaux. Si une balle lui eût fracassé la tête à Mellingen, elle eût propagé dans le monde un mensonge de plus, et cette vieille femme en culotte eût passé pour un martyr de la liberté !

—Puisque tu le connaissais, Addrich, pourquoi t'es-tu donc attaché à lui ?

— Parcequ'on bâtit avec de la boue, quand le mortier manque ! Mais avançons, nous n'avons pas de temps à perdre. Il faut que je tienne ma parole, et que je te remette dans les bras de ta jeune femme. Tu peux vanter ton bonheur de ne pas pendre en ce moment à quelque pommier du Maeggenwyl. La flèche n'était pas loin de la corde, et les paysans étaient furieusement excités contre toi, car on leur avait dit qu'un docteur avait vendu les plans de Schyby à Wertmuller, et déjoué l'attaque de Mellingen. Schyby te nommait hautement, jusqu'à ce que je lui eusse prouvé que tu ne m'avais pas quitté une heure. Je pense que la chose venait de ce misérable fanfaron de Gédéon.

En conversant ainsi, ils passèrent sous les roches au-dessus desquelles étaient suspendus les murs du château de Lenzbourg qui domine la plaine de Sion. Le soleil était couché depuis long-temps, mais on apercevait encore quelques reflets de ses feux sur les bords des nuages qui s'élevaient derrière les cimes

du Jura. L'air était épais et chargé de
miasmes. A l'ouest se montraient quelques éclairs qui illuminaient de temps
en temps les noirs contours des montagnes ; des coups de vent précipités
annonçaient l'approche d'un orage , et
s'engouffrant dans les forêts , y produi-
saient le bruit de plusieurs torrens dé-
chaînés.

La conversation des deux voyageurs
nocturnes cessa entièrement lorsqu'ils
commencèrent à gravir le chemin à pic
qui conduisait de la plaine de Sion au
sommet du Bampf. Addrich murmurait
à voix basse quelques paroles inintelligibles , et les pensées de Fabien le trans-
portaient auprès d'Epiphania. Il lui semblait que six années s'étaient écoulées
depuis leur séparation , au lieu de six semaines ; et en pensant à leur mariage
dans l'église de Kulm , il ne pouvait se

persuader qu'Epiphania fût réellement
devenue sa femme. Plus il approchait
du sommet de la montagne et du lieu
où s'étaient passés les momens les plus
solennels de sa vie, plus son cœur était
agité de crainte et de désir. Il oublia les
funestes évènemens de la journée, il ne
s'aperçut pas de la rigueur du temps,
son âme était tout entière auprès d'E-
piphania.

Il régnait déjà une obscurité si profonde, qu'Addrich lui-même perdit plusieurs fois cette route qui lui était si
bien connue, et qu'il se vit forcé d'appeler de temps en temps son compagnon, pour qu'ils ne fussent pas sépa-
rés l'un de l'autre. Des éclairs éblouis-
sans dans la clarté chatoyante desquels
se dessinaient instantanément à leurs
pieds, comme dans un optique, l'immense étendue des plaines, les villages,

les collines, les lacs et les forêts, augmentaient encore l'épaisseur des ténèbres. Le vent d'orage et la pluie redou-
blaient d'intensité et les frappaient avec
plus de violence à mesure qu'ils approchaient de la cime de Bampf.

— On dirait que tous les élémens
conspirent pour nous fermer le chemin
des Mousses et nous repousser de cette
montagne, dit Addrich.

— Plus nous approchons, plus j'é-
prouve de noirs pressentimens, répondit Fabien. Je ne suis pas superstitieux,
mais que d'événemens ont pu se passer
depuis plusieurs semaines que nous
errons dans un autre pays! Addrich,
j'éprouve un effroi involontaire. Ne
dirait-on pas que le ciel et la terre s'ar-
ment contre nous, et nous annoncent
un malheur!

— Peut-être est-elle déjà retournée au repos éternel! dit Addrich en soupirant profondément.

— Quoi! s'écria Fabien en s'arrêtant plein d'effroi. Serait-ce parceque le nœud d'épis s'est détaché dans ses mains? Epiphania serait morte! comment peux-tu te plaire à m'épouvanter ainsi?

— Viens! lui cria la voix d'Addrich, à quelque distance.

— J'ai perdu tes traces! Où es-tu? lui répondit Fabien.

— Partout! partout le chemin de la destruction! telle fut la réponse.

En ce moment un éclair rayonnant se détacha du ciel, comme une lame de feu, accompagné d'un fracas terrible.

Tout devint lumière, puis tout redevint nuit sombre. La terre tremblait au grondement du tonnerre comme si les portes du ciel venaient de s'abîmer.

— Ah! s'écria Fabien, la foudre tombe près d'ici. Il voulut poursuivre son chemin, mais il s'arrêta en entendant des gémissemens plaintifs. Au premier moment, il crut qu'Addrich avait été frappé, et l'effroi fit dresser ses cheveux sur sa tête. Il s'avança en tâtonnant le long des arbres, en se guidant sur la voix qu'il entendait. Un nouvel éclair lui montra l'objet de ses recherches. Sous un vieux platane, une femme pleurait et priait les mains jointes. A la vue du jeune homme que lui montra le feu du ciel, elle se releva en poussant un grand cri!

— Vous est-il arrivé quelque malheur? lui demanda Fabien d'un ton de compassion.

— Un malheur ! dit la femme. O mes enfans, ô les pauvres vers ! Les volontés du seigneur notre Dieu son terribles ! J'ai vu le jour de sa colère. Je veux faire pénitence toute ma vie, si cette heure n'est pas la fin du monde, et si les portes de sa miséricorde ne sont pas fermées pour toujours !

— Ne crains rien, femme, l'orage passera ! reprit Fabien.

— Oui, il passera, en détruisant, en exterminant, comme l'ange qui frappa tous les premier-nés d'Égypte. O mes enfans, les pauvres vers ! Nos hommes ont été tués à Mellingen ! Nous avons vu de nos montagnes les flammes qui brûlaient les villages. Demain viendra l'ennemi. Les Zurichois n'épargneront pas les enfans dans le ventre de leurs mères. Seigneur, mon Dieu, ne nous

extermine pas dans ta colère!... Ces
pauvres vers, il sont innocens! Les
vieux se sont levés contre l'autorité, et
ils savaient que l'autorité tient la place
de Dieu. Mais ces pauvres vers, ils
sont purs comme l'agneau!

C'est ainsi que parlait cette femme,
et elle pleurait amèrement.

Fabien se sentit pénétré d'une vive
compassion, et il craignit, non sans
quelque apparence, que la raison de
cette infortunée ne fût égarée. Il l'engagea à le suivre et à venir sous le
même toit que lui.

Mais elle continua, dans son désespoir : Une autorité nous est aussi nécessaire que notre cher pain quotidien.
Nous demandons seulement qu'il ne
nous fasse pas maudire la vie. Mais le curé

nous parlait des vengeances de Dieu, et les hommes devraient mieux s'entendre à leurs affaires, que nous autres pauvres femmes. Maintenant que le malheur est venu, qui pourra échapper à la vengeance du Seigneur? Les feux du ciel se sont allumés contre le pauvre peuple; Dieu envoie des bataillons contre nous; la faim et la peste vont détruire nos villages! Jésus, le monde est à sa fin!

Un éclair sillonna le ciel en ce moment et couvrit de clarté tout le sommet du Bampf. Le tonnerre retentit tout le long de la montagne, et au retour de l'obscurité, des torrens de pluie jaillirent avec fracas. La malheureuse femme faisait entendre ses cris au milieu de l'orage. Fabien était hors de lui.

— Que fais-tu là, Fabien? dit Addrich qui était revenu vers lui, guidé par les cris de la femme. Avec qui parles-tu ici?

— C'est, répondit Fabien, une malheureuse abandonnée qui a sans doute perdu son chemin.

— Lève - toi, femme, lui cria Addrich ; nous allons te conduire à la cabane voisine.

— Où voulez-vous me conduire? au nom de la miséricorde de Dieu! demanda la femme.

— A la maison d'Addrich des Mousses, répondit le vieillard.

— Dieu me préserve! s'écria la femme. La maison du damné, un lieu de malédictions et de douleur. Mes yeux ont vu ces abominations. Là il ne naîtra plus d'enfans. Pas une goutte d'eau ne fut

portée sur la flamme , pas une larme ne
fut répandue sur les charbons ardens.

— Elles est folle , dit Addrich. Nous
ne pouvons pas laisser cette infortunée
seule sur la montagne, par une nuit
semblable. Aide-moi, Fabien ; nous allons l'aider à descendre. Parle, femme;
qui es-tu ? Où est ta cabane ?

— Ah ! Dieu ait pitié de nous ! Qui
suis-je? Qui peut savoir où il est? Je suis
peut-être déjà une misérable veuve, avec
trois orphelins. Venez-vous de la bataille
de Mellingen? Je suis Kœthy Gloor de
Sion. N'avez-vous pas vu Karly Marti
Gloor d'Anken-Joggli? C'était mon
mari. Comme je revenais d'Aarau, vers
le soir, je vis beaucoup de gens qui
fuyaient. Je demandai des nouvelles de
lui à tous, homme à homme; je demandai jusque bien avant dans la nuit. Dieu

ait pitié de moi! personne ne sut me
dire ce qu'il était devenu. C'était un
brave homme, et nous vivions heureux,
quoique nous fussions dans la nécessité
et dans la misère. Mais une bonne
conscience est le meilleur des biens.

Un éclair revint frapper le platane.
La pauvre femme se jeta avec effroi sur
la terre, en s'écriant: Jésus, mon sauveur, c'est Addrich lui-même! Éloigne-
toi, homme maudit; tu es marqué
comme Caïn. Sauve-toi dans les montagnes et les cavernes, celui qui te rencon-
trera voudra te tuer. Que Dieu fasse grâce
à ta pauvre âme.

Elle se releva et se mit à fuir dans les
ténèbres, mais on entendit long-temps
encore sa voix au milieu du sifflement
de la pluie et des raffales du vent, jusqu'à ce qu'elle s'éteignit dans le lointain.

Addrich était resté immobile sous les branches du platane, et semblaitt frappé des paroles qu'il venait d'entendre. Fabien s'appuya contre le tronc de l'arbre, et lui dit : As-tu compris les discours de cette femme ?

Addrich garda le silence. Les nuages noirs, chassés par les vents, s'amoncelèrent au couchant, et laissèrent apercevoir la lune, dont la clarté encore incertaine permit de distinguer une partie de la montagne.

—As-tu compris les discours de cette femme, répéta Fabien d'une voix plus basse. Le vieillard, plongé dans ses réflexions, ne répondit pas à cette demande.

Fabien leva les yeux sur lui, et le vit immobile; ses vêtemens seuls flottaient avec bruit, agités par le vent.

5.   4.

— J'éprouve l'inquiétude la plus cruelle, Addrich, dit Fabien d'une voix oppressée. Viens, viens, ajouta-t-il en s'emparant de son bras. Il est arrivé quelque malheur.

— Laisse cette folle, nous la chercherions en vain, dit Addrich d'une voix sourde. Rendons-nous aux Mousses, Fabien; il doit être minuit.

Ils descendirent en silence le revers de la montagne, et errèrent long-temps dans les buissons et dans les bois, avant de retrouver le sentier qui menait à la petite vallée. Puis ils entrèrent dans les prairies qui s'inclinaient insensiblement jusqu'à la ferme des Mousses.

———

CHAPITRE XLVI.

LA DESTRUCTION.

— Vieux, où cours-tu ainsi? dit Fabien à Addrich en s'arrêtant. Ne vois-tu pas là, tout proche de toi, dans cet enfoncement, l'amas de pierres qu'on nomme la tombe du suicide? et à droite, à l'horizon, la coupure de la montagne qui est la fin du bois? Il .faut que nous ayons déjà passé la maison.

— La nuit est sombre, répondit Addrich; et il revint sur ses pas. La nuit est sombre et mes yeux sont troublés. Je suis accablé de fatigue, et mes sens sont en désordre. Que ne donnerais-je pas pour apercevoir la clarté de mes fenêtres! Mais ils dorment tous ; Éléonore elle-même a éteint sa lampe. Addrich s'arrêta, comme si la respiration lui manquait, et il ajouta : Fabien, sa lampe s'est éteinte. Il prononça ces paroles lentement et d'une voix sourde. Son jeune ami, effrayé de ce désordre, saisit vivement son bras et l'entraîna avec lui : Montons, montons toujours, Addrich, lui dit-il; quand nous serons au-dessus des bois, nous ne pourrons manquer d'apercevoir la maison.

—Patience, Fabien, la nuit est sombre et les éclairs éblouissent. La maison ne nous échappera pas; mais dans l'impatience et la précipitation, on manquerait un clocher, même en plein soleil.

— Addrich, Addrich, ne sens-tu rien? Il me semble que nous respirons une exhalaison brûlante. Ne sens-tu rien, Addrich?

—Ce sont les vapeurs qui s'échappent des nouveaux défrichemens où Baschi brûle les bruyères et les herbes sèches.

— Addrich, je pense toujours aux discours de cette femme. Les as-tu compris?

—Que veux-tu, Fabien? Silence! Vois là-bas; j'aperçois une lumière.

—Nous sommes montés trop haut,

Addrich. Cette lumière n'est pas dans ta maison. Elle s'agite comme un feu follet.

— Fabien, ta voix est claire : appelle. C'est sans doute quelqu'un de mes valets qui fait sa ronde dans les bois avec la lanterne.

— Arrête, arrête, Addrich! s'écria Fabien d'un ton d'épouvante en retenant le vieillard. Ouvre les yeux : voici le sentier, voici le jardin, voici la source, et là était ta maison !...

— Je ne vois rien, répondit Addrich d'une voix étouffée. Suis-je aveugle? Ne sont-ce pas des étincelles qui brillent sur la terre? Cette vapeur blanchâtre, n'est-ce pas de la fumée?...

Fabien se couvrit avec désespoir la

figure de ses deux mains : O malheureux! s'écria-t-il.

Il y eut un long silence. Ils fixaient
tous deux, dans un morne accablement,
l'étendue de terrain noircie d'où s'élevaient de petites étincelles rougeâtres,
lorsque le vent venait agiter les cendres,
et où l'on voyait de temps en temps une
flamme légère s'échapper et s'éteindre
en frémissant sous la pluie. Les nuages
qui voilaient la lune, lorsqu'ils étaient
chassés au loin par les vents, montraient
quelques poutres calcinées, écroulées
les unes sur les autres ; et souvent un
éclair fendant la nuit découvrait d'un
trait de feu jusqu'au moindre détail de
ce tableau de dévastation. C'est ainsi que
le cours des vagues trompeuses rend
quelques momens à notre vue le cadavre
d'un ami qu'elles viennent d'engloutir.

Addrich leva les yeux vers le ciel , les

abaissa sur les cendres brûlantes, et parcourait de ses regards le noir horizon des montagnes, comme s'il eût voulu s'assurer, en examinant leurs formes qui lui étaient si connues, s'il ne s'était pas égaré dans un autre vallon. Alors il fit entendre ce rire affreux qui lui était habituel. Eh bien! dit-il, me croiras-tu désormais? douteras-tu encore que l'infortune et la misère s'attachent à tout ce qui m'environne? Ici s'élevait ma pauvre chaumière! Le destin a jugé sur mon sort, il a brisé la baguette de vie, et il en a jeté les débris à mes pieds (1). Tout ce qui m'appartient doit être anéanti de la sorte. Me voici aussi pauvre que je l'étais quand je revins de l'Inde, et que les Algériens me

(1) Allusion à une coutume des tribunaux criminels en Suisse et en Allemagne, où le juge annonce la sentence de mort au condamné en brisant une baguette blanche dont il jette les morceaux devant lui.

(*Le Trad.*)

chargèrent de fers. Crois-tu que je me désespère, Fabien? non, je ris et je méprise tous ces prétendus biens qui ne m'ont jamais procuré un instant de bonheur. En parlant ainsi, il cracha sur les cendres, d'où s'élevèrent en pétillant quelques étincelles.

Après quelques momens d'un terrible silence, il leva les mains vers le ciel, et s'écria : Qu'ai-je donc fait pour avoir mérité tous ces maux? Pourquoi me poursuis-tu sans relâche, depuis le berceau jusqu'à la tombe, Dieu impitoyable? Mon existence est-elle un crime?... alors ce crime est le tien! Pourquoi m'as-tu maudit? moi qui n'ai cessé de chercher la vérité et la justice. J'ai répandu partout des bienfaits, et je n'ai recueilli que des malédictions ; j'ai défendu des malheureux, et je n'ai fait triompher que le puissant ; j'ai combattu pour la li-

5.   5

berté du peuple, et n'ai réussi qu'à
le plonger dans un plus affreux escla-
vage! Pourquoi me persécuter ? Dieu
terrible! Pourquoi m'avoir donné un
cœur plein d'amour, pour le déchirer
sans cesse? O mon pauvre enfant! ange
égaré dans cet enfer. Lorely, Lorely!

D'affreux gémissemens s'échapèrent
de la poitrine du vieillard, et étouffè-
rent ses paroles.

Fabien était hors d'état de le conso-
ler. Le spectacle que lui offrait cette
nuit d'horreur, l'aspect de cette grande
infortune, l'avaient privé de toute sen-
sation, et suspendaient le cours de sa
pensée; mais les derniers cris d'Addrich
et le nom d'Éléonore le rappelèrent
subitement à d'autres souvenirs : Epiphania! s'écria-t-il, où est-elle allée?
s'est-elle enfuie? est-elle morte? a-t-elle
péri dans les flammes?

Il s'arrêta, craignant de se livrer à ses
conjectures, et poussant un grand cri,
il franchit les décombres enflammées,
faisant jaillir sous ses pas des tourbillons
de fumée et des milliers d'étincelles, et
gagna rapidement l'autre revers de la
montagne. Dans son désespoir, il faisait
retentir les bois du nom d'Epiphania, et
il erra de la sorte dans cette solitude
jusqu'au lever de l'aurore, où, épuisé, et
hors d'état de poursuivre sa route, il
aperçut sur les montagnes de Durre-
naesch une hutte qu'il s'efforça de gagner.

La cabane était fermée, et les habitans, s'il s'en trouvait, étaient encore
plongés dans le sommeil; Fabien ne
voulut pas troubler ces heureux paysans, et il se plaça sur un banc, sous le
hangard de paille qui abritait la porte,
pour réfléchir à ce qu'il avait à faire;

mais il ne tarda pas à succomber à ses
fatigues, et la douce main du sommeil
vint l'arracher à ses douleurs et à ses
déchirans ressouvenirs.

Le soleil pénétrait déjà d'une chaleur
bienfaisante ses vêtemens imprégnés de
pluie, lorsqu'il se réveilla. Le vallon
tranquille de Aesch, dont les prairies
d'un vert d'émeraude se déployaient
entre des rideaux de pins, se déroulait
à ses yeux dans une perspective vapo-
reuse, et ce tableau était animé par la
présence d'une jeune fille dont le corps
dépassait à demi le pilier de bois qui
soutenait le hangard, et qui jetait des
regards curieux sur le dormeur à travers
un buisson de roses sauvages. Fabien
reconnut aussitôt l'agile Aenneli et voulut se lever, oubliant la douleur que lui
causaient ses membres raidis par l'hu-
midité et la fatigue. Aenneli s'avança

lentement auprès de lui et lui tendit la main en pleurant.

— Epiphania? demanda aussitôt Fabien, comme s'il eût déjà attendu la réponse avant que de faire la demande.

— Ne savez-vous donc pas qu'elle disparut sept jours après la mort de la fille d'Addrich? dit la jeune fille en sanglotant. Mais hier, après la nouvelle de la bataille, le peuple s'assembla et vint piller tout ce qu'il y avait aux Mousses, meurtrir les valets et mettre le feu à la maison, aux étables et aux granges. Je me sauvai dans les bois. En deux heures tout devint cendres; pas un voisin ne bougea ; pas un seau d'eau ne fut apporté. Les flammes montaient jusqu'au ciel, et pas une cloche ne s'agita pour sonner un glas. Dieu nous préserve de si méchans voisins ! Je n'ai

rien sauvé, moi, pauvre fille, que mon
corps et ces hardes que je porte. Personne dans Aesch n'a voulu me recevoir; et si la vieille mère Wally n'avait
pas un bon cœur chrétien, je serais
morte dans les bois, pendant cette nuit
d'orage.

—Et Epiphania? s'écria Fabien trem-
blant d'effroi, et regardant fixement la
jeune fille.

— Elle descendait tous les jours à
Kulm; pour aller à la tombe de Lorely;
le septième, elle n'en revint pas, répondit Aenneli. Vous rappelez-vous comme
le nœud d'épis tomba dans la prairie
devant l'église, et les dernières paroles
de Fanely à votre séparation! Oh! de
mes jours je n'oublierai ce mariage. Il
y a des enterremens qui sont moins tristes. Si je n'étais pas si chagrine, je rirais
volontiers encore de la parure de la

fiancée; mais tout a été pillé ou brûlé
par le peuple, que Dieu le lui par-
donne!

— Mais Epiphania, où est-elle? s'é-
cria de nouveau Fabien; parle, de
grâce!

— Demandez-le à Dieu qui sait tout!
répondit la jeune fille. Nous l'avons
cherchée dans toutes les vallées et sur
toutes les montagnes, nous l'avons ap-
pelée des nuits, des journées, des semaines entières, et..., pas une trace
d'elle ne s'est retrouvée. Nous avons parcouru toutes les métairies, tous les
bourgs jusqu'à Aarau et la ville elle-
même, personne ne l'avait vue; personne ne l'avait rencontrée le septième
jour, comme à l'ordinaire, sur la route
de Kulm, elle n'avait paru ni au village, ni au cimetière. Le gens du voisinage tenaient toute sorte de dis-

cours. Mais Fanely était un saint ange,
oh! bien sûr, un saint ange! Il n'y
a pas que des saints parmi ceux qui
prient et qui chantent dans l'église, et
il n'y avait pas que des enfans des ténèbres dans la maison d'Addrich. Lorsque je m'échappai hier des flammes, ils
me criaient tous en me repoussant de
leurs portes : Va-t'en frapper au gui-
chet de l'enfer, on t'ouvrira, car tu y
es attendue. C'est le diable qui a emporté le ménage des Mousses ; il a d'a-
bord enlevé la possédée, sept jours après
la chercheuse d'herbes ensorcelées, et
sept jours plus tard il te prend à la gorge.
Et comme ils me chassaient du village,
les enfans couraient après moi et
criaient : A l'eau, la sorcière! prends
ton manche à balai, servante de Satan!
Aenneli du diable!

L'impatient jeune homme renouvela
en vain ses questions. Il n'apprit rien

de plus que ce qu'il savait déjà, bien
qu'Aenneli lui racontât au long tous les
détails de l'évènement, sans omettre les
circonstances les plus insignifiantes.

Durant ce triste entretien, la mère
Wally, à qui appartenait la cabane, parut sur le seuil. La pauvre vieille femme
pleura amèrement sur le sort de ses deux
fils, qui avaient assisté à la bataille de
Mellingen, et qui n'avaient pas reparu.
Cependant sa douleur ne lui fit point ou-
blier les soins de l'hospitalité, et elle
invita le jeune homme, ainsi que l'an-
cienne servante d'Addrich, à prendre
part au repas du matin, qu'elle avait
préparé dans sa cabane. Fabien apprit,
en satisfaisant son appétit avec la soupe
de laitage et le pain noir de la vieille,
une foule de choses qui ne lui semblè-
rent pas sans importance. Aenneli lui
rapporta que la fille d'Addrich aimait

secrètement, déjà depuis plusieurs années, le capitaine Renold, même après
avoir connu la corruption de son cœur
et après avoir renoncé à sa personne;
et qu'elle avait exigé de son père, qui
obéissait à toutes ses volontés, que Fabien fût uni à Epiphania dans l'église
de Kulm, avant que d'entrer en campagne. Au retour de la nouvelle mariée,
Lenore l'avait reçue avec la joie la plus
vive, et lui avait avoué que cet hymen
était son ouvrage, et son dernier vœu
avant que de mourir. Sans cette précipitation, avait-elle dit, des années se
fussent écoulées avant que vous eussiez
songé à vous unir devant Dieu, et Gédéon fût peut-être parvenu à vous séparer pour toujours.

Aenneli ajouta qu'Epiphania n'avait
pas un seul instant de sérénité depuis
son mariage; qu'elle pleurait souvent en

secret, et qu'elle ne franchit pas le seuil
de la maison jusqu'à la mort de Lenore,
qui s'était endormie doucement et sans
souffrances, le douzième jour après le
départ d'Addrich. Personne n'avait suivi
le cercueil, à l'exception des gens de la
maison, et lorsque le convoi traversa
le village, le curé et son clerc seuls s'y
joignirent. Depuis ce jour, Epiphania
s'était rendue chaque matin à la tombe
de son amie pour y porter des fleurs
fraîches, jusqu'à celui où elle avait disparu.

Fabien avait déjà soupçonné que sa
jeune épouse était devenue la victime
de quelque violence, et ses soupçons se
portaient tantôt sur l'homme à qui Epiphania avait témoigné tant d'amour dans
son entrevue mystérieuse sur le Bampf,
et tantôt sur le capitaine Renold, dont
il connaissait l'impétuosité, et dont il

se rappelait les menaces. Ces paroles qui lui étaient échappées aux avant-postes de l'ermitage, étaient surtout présentes à la pensée de Fabien : Toi, je te garde, pour que tu me voies livrer ta maîtresse à discrétion à mes braves soldats. Au-rait-il parlé ainsi, se disait l'infortuné jeune homme, si Epiphania n'eût pas été déjà en son pouvoir?

Il fit encore mille questions à Aen-neli, et s'informa si le capitaine ne s'était pas montré dans la maison d'Addrich depuis son départ, et si l'on n'avait pas aperçu, dans les environs des Mousses, des gens suspects ou inconnus.

— Non! répondit la jeune fille, non! Depuis le jour d'hier où le peuple revint de la bataille, et pénétra dans la maison pour y mettre tout au pillage. Mais la peur me rendit si leste, que dès que j'entendis leurs cris, je me jetai dans le bois avant leur arrivée. Quand la maison fut en flammes, Baschi vint me retrouver le visage tout ensanglanté (c'était tout au plus si je pouvais le reconnaître); il me dit que tous ces gens-là étaient des étrangers, mais qu'il croyait avoir vu le Suédois au milieu d'eux. Mais il fait tort assurément à ce bon et joli capitaine, que nous aimions tant, et que nous aurions tous porté sur les mains. Oh ! s'il était arrivé dans ce terrible moment, les choses auraient bien changé !... tandis que maintenant... Comme Addrich s'arrachera les cheveux blancs sur la tombe de Lorely et les cendres de sa maison, s'il vit encore, et s'il voit de ses yeux toutes ces abominations.

Aenneli continua long-emps encore à gémir et à se plaindre de la sorte ;

aussi Fabien cessa de l'écouter. Il en avait assez entendu; car le témoignage de Baschi, qui croyait avoir reconnu le Suédois au milieu des incendiaires, était une preuve assez convaincante que Gédéon Renold avait commis ce nouveau crime. Il se leva, méditant à la fois plusieurs projets. Il voulait aller à la recherche du malheureux Addrich, qu'il avait abandonné; il voulait poursuivre Renold jusqu'à ce qu'il l'eût atteint; et dans sa perplexité il ne savait que résoudre..

— Mais moi, s'écria la jeune fille baignée de pleurs, et se jetant à son cou lorsqu'il se préparait à la quitter, mais moi, que deviendrai-je? Au nom de la miséricorde de Dieu, n'abandonnez pas une pauvre orpheline! Je suis seule sur la terre, et personne ne me connaît, personne ne voudra plus me recevoir!

Fabien, touché de compassion, prit dans sa bourse quelques pièces d'argent, qu'il lui remit, en disant : Prends le chemin d'Aarau, et va trouver de ma part le respectable doyen Rusperli. Tu lui raconteras tous nos malheurs, et tu le prieras de s'intéresser à ton sort. Il t'aidera, sois-en sûre. Va, mon enfant; va, au nom du ciel!

Il se débarrassa des mains d'Aenneli, qui voulait le retenir, et gagna le sommet de la montagne, d'où il était descendu la veille dans un si grand désordre.

CHAPITRE XLVII.

—

LA FIN D'UN SOLDAT.

Les pas de Fabien se dirigèrent vers les Mousses. Il se sentit entraîné par la compassion que lui faisaient éprouver les infortunes d'Addrich, et il se reprochait d'avoir peu noblement abandonné ce vieillard, au moment où le ciel et la terre semblaient s'unir pour le frapper. Il était résolu à réparer ses torts, et à lier son sort à Addrich, qui, privé de ses biens, de ses enfans, exposé à perdre la vie à chaque moment, se voyait réduit à l'existence d'un mendiant et d'un vagabond.

Il apercevait déjà de loin les traces de l'incendie aux branches noircies et dépouillées des arbres qui étendaient naguère leur feuillage sur la maison, lorsqu'au détour du sentier qui menait des Mousses à la vallée du Diable, il trouva à ses pieds le chapeau d'Addrich, qui était reconnaisable à sa forme élevée et pointue. A la même place, le gazon était foulé dans un espace de six pieds, comme si un homme s'y était étendu. Le jeune homme releva avec un effroi secret le chapeau allourdi par l'eau de

5.   5.

la pluie, et se rendit au lieu où avait existé la maison, mais il était désert. Guidé alors par ses pressentimens : il descendit jusqu'au village.

Arrivé aux premières cabanes de la vallée du Diable, Fabien apprit qu'Addrich s'était présenté dans le hameau aux premiers rayons du jour, et qu'il en avait réveillé les habitans par des cris et des accens de désespoir. Ceux-ci lui avaient appris tous les malheurs de sa maison, dont il avait entendu le récit sans pousser un soupir; puis, il s'était éloigné en silence, et avait pris sa route, autant que les brouillards du matin permettaient de le distinguer, vers le village de Kulm.

Fabien s'y dirigea à grands pas. Quelques enfans et quelques femmes se tenaient en silence à l'entrée du cime-

tière, le visage tourné vers les tombes.
A la curiosité et à l'effroi qui se pei-
gnaient sur leurs traits, Fabien devina
l'objet de leur attention. En effet, dès
son entrée dans l'enceinte funéraire, il
aperçut Addrich. L'infortuné était
étendu sans mouvement sur une tombe
fraîchement couverte, le visage tourné
contre terre. Fabien reconnut aux fleurs
éparses, témoignage de la pieuse douleur d'Epiphania, que le malheureux
n'avait pas inutilement cherché la tombe
de sa fille. Il s'approcha doucement de
son vieil ami, et s'efforça de le relever.
Addrich ouvrit les yeux d'un air égaré,
s'appuya sur la tombe, et parcourut de
ses regards ceux qui l'environnaient;
mais il ne répondit pas aux demandes
affectueuses de Fabien.

— Qu'on dort paisiblement avec les
morts! dit-il en se parlant à lui-même.

Fabien lui adressa de nouveau la parole, mais il le laissa sans réponse, et s'occupa de rassembler quelques unes de ces fleurs flétries qu'Epiphania avait répandues sur la tombe de son amie. Enfin, Fabien, secondé par quelques paysans, l'entraîna à l'auberge, où on le força de prendre du repos. Addrich s'endormit profondément et ne se réveilla que le lendemain, mais plein de forces et de résolution. Fabien, qui lui avait prodigué les soins d'un fils, avait cependant employé le temps du sommeil d'Addrich à se procurer tous les renseignemens possibles sur les évènemens des Mousses, et tout semblait indiquer que Renold était l'auteur de l'incendie et le ravisseur de Fania.

Addrich s'étant levé, dit à son compagnon : Je suis prêt à partir ! Tout est fini pour moi dans ce monde. Ne l'entends-tu pas chanter :

Nul espoir pour toi ne brille ;
Vois cet épais gazon ;
Il recouvre ta fille,
Et la cendre, ta maison.

Je respire encore, et cependant je ne vis plus. Mais ne crains rien de moi, Fabien; ne crains rien. Tu m'es resté fidèle ; aussi je remplirai ma promesse, et je ne te quitterai pas sans t'avoir rendu ta femme. Viens, Gédéon est en route avec une bande d'Oberlandais. Je lui mettrai l'épée sur la gorge; il faudra bien qu'il nomme le lieu de la retraite d'Epiphania. Viens, ne prenons de repos qu'après l'avoir atteint. Alors, je pourrai dire adieu au monde. Viens !

Le bruit courait que le corps d'armée des Oberlandais, fort d'environ deux

mille hommes, s'était retiré sur Langenthal, ayant à sa tête Leuenberger et
quelques autres capitaines. Addrich et
Fabien se dirigèrent de ce côté. Mais ils
ne firent que de petites journées; car
les forces d'Addrich diminuaient sensi-
blement, et ce corps gigantesque semblait succomber sous son propre poids.
Son âme même était entièrement chan-
gée; rien n'excitait plus son intérêt, et
la nouvelle d'un avantage remporté aux
gorges de Gisikon par Schyby et ses
Entlibuchois sur ceux de Lucerne, et
où le capitaine Krebsinger avait été
fait prisonnier et les poudres sautées,
ainsi que l'assurance qu'il reçut de la
résistance vigoureuse de Leuenberger
et des Oberlandais contre les villes, ne
ranimèrent plus ses espérances et ne
réveillèrent même pas sa curiosité. Il
semblait un spectre errant, et vivait
dans un état d'insensibilité complète,

gardant sans cesse le silence, et ne ré-
pondant pas même aux paroles amica-
les de Fabien.

Addrich ne tarda pas à donner une
preuve terrible de son anéantissement
moral. Il était entré avec son compagnon
dans le pays plat et uniforme de Langenthal, où l'on ne découvre dans le
lointain que quelques huttes qui s'élè-
vent au-dessus des haies dans les prairies, et ils venaient de passer devant le
village du lac d'Herzogenbuch, pour
gagner la petite ville de Wangen, où Fabien s'attendait à trouver Leuenberger.
Mais à peine avaient-ils pénétré dans la
plaine d'Herzogenbuch, qu'ils aperçurent les sentinelles des Oberlandais ap-
puyées sur leurs longues hallebardes, et
à quelque distance les troupes de Berne,
dont la bannière cantonnale était dé-
ployée. Fabien ne put maîtriser son effroi; tandis qu'Addrich, jetant un coup

d'œil indifférent sur les deux armées,
continua sa route en se dirigeant vers
les rangs ennemis. Fabien n'eut que le
temps de l'arracher au danger et de
l'entraîner dans le village, où le général
bernois d'Erlach venait de pénétrer sur
la foi de ses espions, qui lui avaient
assuré qu'il ne s'y trouvait plus d'insurgés. Mais, dès qu'il se fut approché
des premières maisons, le général fut
assailli par un feu si vif, qu'il repartit
aussitôt au galop avec toute sa suite; et
le village, dans lequel régnait une tranquillité profonde et qui semblait désert,
se remplit subitement de quelques milliers d'Oberlandais en armes, qui paru-
rent comme par miracle. Ils se formèrent en rangs serrés et marchèrent droit
à l'ennemi.

Ils se précipitèrent avec impétuosité
sur l'avant-garde des Bernois et la repoussèrent, tandis que d'Erlach dé-

ployait lentement ses lignes. Après une
heure de combat, les Oberlandais aperçurent, non pas seulement devant eux,
mais des deux côtés de la campagne, de
longues colonnes de fumée grisâtre,
accompagnées de détonations qui annonçaient l'approche des lignes bernoi-
ses. Les insurgés, débordés de toutes
parts, s'emparèrent alors d'un bois voisin, et continuèrent de se battre avec
rage jusqu'à ce qu'enfin, écrasés de
toutes parts, ils essayèrent de regagner
le village. Les troupes victorieuses n'occupaient le terrain qu'en combattant pas
à pas, et en disputèrent chaque buisson
jusqu'à l'entrée du village. Répartis dans
les maisons, dispersés derrière les huttes,
dans les jardins, les Oberlandais luttaient
avec la fureur du désespoir, jusqu'à ce
que le lieu où ils se réfugiaient devînt
la proie des flammes. Une de leurs troupes, séparée du gros de l'armée, tint

5. 6

encore long-temps dans le cimetière, en faisant un feu continuel derrière le mur d'appui qui leur servait de rampart. D'autres se retiraient lentement et en bon ordre vers le bois, tandis que les autres couraient d'arbres en arbres, et s'avançaient en tirailleurs jusqu'au milieu des soldats de Berne.

Les mouvemens du combat avaient jeté Fabien au plus fort de la mêlée; il s'était long-temps efforcé de retrouver Addrich qui avait été séparé de lui; mais désespérant de le rejoindre, il s'était mis à exercer son ministère de chirurgien sur les blessés, sans distinction d'amis et d'ennemis. Après avoir secouru un grand nombre de ces malheureux, il était resté dans la plaine, indécis s'il devait retourner dans le village on s'en éloigner. On n'entendait plus les bruits du combat, seulement quelques cris

plaintifs s'échappaient des bois voisins.
Il y pénétra à travers les broussailles, et
suivant les accens de la voix qu'il entendait, il aperçut au bord d'un ruisseau
limpide le long duquel se trouvait un
étroit sentier, un soldat étendu sur le
sol, qui s'efforçait en vain de se relever.
Ses vêtemens, couverts de sang, indi-
quaient suffisamment sa fâcheuse situation. Fabien double le pas, et tirant sa
trousse qu'il portait toujours avec lui,
il lui cria : Courage, camarade! Où vous
sentez-vous défaillir?

— Non pas au cœur du moins, répondit le guerrier en tournant la tête pour
regarder celui qui lui parlait de la sorte.
Fabien se sentit pénétré d'horreur en reconnaissant, dans ce blessé, le capitaine
Renold.

— Toi ici, malheureux! lui dit-il
plein de colère ; mais il ajouta aussitôt

en jetant un regard de compassion sur
la poitrine ensanglantée du jeune officier: Il paraît que le sort ne t'a pas bien
traité.

Gédéon le regarda avec mépris : Je
suis maintenant un bon gibier pour tes
pareils, lui dit-il. Tu peux prendre ta
revanche sans craindre les retours de
fortune. Maintenant, nous sommes
quittes. Achève-moi, sans tant de pré-
paration.

— Montre-moi tes blessures, reprit
Fabien qui dédaignait de l'écouter. Il
trempa une éponge dans l'eau du ruisseau, s'agenouilla devant lui et déroula
sa boîte d'instrumens.

— Vous venez *post festum*, seigneur
médecin, s'écria Gédéon. J'ai déjà pris
des pillules de plomb qui vont me purger

radicalement; et je prends congé de ce monde, en brave soldat, sur le champ de bataille. Toi, va croupir dans ton nid et laisse-moi mourir en paix.

— J'espère, Renold, qu'il est encore possible de te sauver, dit Fabien. Laisse-moi visiter tes blessures.

— Avec votre permission, vous laisserez là cette affaire, répondit le blessé. Je ne requiers de vous aucune consultation; j'ai sans nul doute deux balles dans le corps qui doivent être bien près d'en sortir, car ce coquin d'Italien que je tenais sous moi mit la bouche de son mousquet dans ma boutonnière. Notre cause méritait une plus glorieuse issue; mais l'ennemi nous avait déjà ruinés à Mellingen par ses pratiques et ses ruses. Aujourd'hui nos hommes se sont battus en héros; et l'ennemi, qui avait une cavalerie bien montée, de bonnes recrues et du canon, ne nous à pas dispersés sans peine. Mais je l'ai toujours dit, nos opérations étaient minées par la base, faute de tactique et de discipline.

Fabien, qui s'était empressé, pendant ce discours, d'ouvrir le pourpoint de Gédéon et d'étancher le sang qui s'échappait à flots, lui dit doucement : Ménage tes paroles, car tu as besoin de toutes tes forces dans ta déplorable situation.

— Rends grâce à la trompeuse *fortuna*, malin aventurier, dit Gédéon d'une voix affaiblie, tandis que Fabien couvrait d'une triple toile deux larges blessures qui laissaient à découvert la poitrine du jeune soldat. Mais celui-ci parut n'y donner aucune attention, et continua de la sorte : A la première rencontre, je t'aurais sabré convenablement, sous les yeux même de ta maîtresse.

— Trève de fanfaronnades, Renold, dit Fabien ; car ta dernière heure a sonné. La mort est sur ta tête ; crains la justice de Dieu.

— Qui ? moi ! craindre ? reprit Gédéon. J'ai vu d'autres majestés ! D'ailleurs je meurs honorablement et comme il convient à un cavalier. Tu ne pourras pas dire que je ne me suis pas montré tel que doit être un brave officier jusqu'à mon dernier moment.

— Renold, tu seras bientôt devant Dieu. Reconnais la vérité, cède à ma prière, dis-moi...

Gédéon l'interrompit en disant : Ne me moleste pas. *Sic transit gloria...* Tout est fini.

— Reconnais que tu as enlevé Epiphania des Mousses. Dis où tu as conduit cette infortunée jeune fille....

— Si l'oiseau ne s'était pas envolé, je l'eusse certainement mis en cage, mais le nid était vide, foi de cavalier....

— Epiphania a disparu, s'écria Fabien qui remarquait avec inquiétude l'affaiblissement progressif des sources de la vie dans Renold, et qui craignait de le voir condamné au silence éternel avant qu'il ne lui eût découvert la retraite d'Epiphania. Parle, je t'en conjure. Apaise la colère de Dieu et celle des hommes, en rendant hommage à la vérité. Où s'est réfugiée la pauvre Epiphania ?

Renold ouvrit les yeux et balbutia d'une voix éteinte : La jolie madona ?...
Nescio...

— Gédéon Renold, au nom du ciel!
nomme le lieu de sa retraite.

— *Nescio,* répondit celui-ci d'une
voix plus basse.

Les traits de son visage pâle se con-
tractèrent tout-à-coup, et après quelques convulsions, ils se couvrirent des
voiles de l'éternité.

Fabien, au désespoir, répétait encore sa demande; mais s'apercevant
que Gédéon avait cessé de répondre, il
se releva plein d'effroi d'auprès du cadavre, et le contempla d'un œil de pitié.
Tandis qu'il était plongé dans ses réflexions, les mains jointes et les regards
fixés sur ces traits d'une beauté remar-
quable qui avaient conservé leur expression fière, un bruit de pas se fit
entendre derrière lui dans le buisson. Fabien retourna la tête, et reconnut avec
joie Addrich qu'il avait si long-temps
cherché. Il se hâta d'aller à sa rencontre.

— J'ai entendu ta voix dans l'éloignement, Fabien, dit le vieillard. Avec qui parlais-tu?

— Dieu merci, nous voilà réunis! répondit Fabien. Je te croyais perdu, pris ou tué peut-être.

— Craintes vaines! reprit Addrich, la mort ne me réclame pas, et la vie me repousse. Je suis condamné à errer sur la terre comme le juif errant. Les balles passaient auprès de moi sans me toucher, et j'ai échappé sans le vouloir aux griffes des Bernois et à la corde du bourreau. Heureusement je te retrouve, avec qui parlais-tu?

Fabien lui montra silencieusement le corps de Renold, et observa attentivement l'effet que produirait cette triste vue sur le vieillard, devenu presque étranger à toutes les sensations.

Addrich s'avança lentement vers le
cadavre et le contempla avec une attention muette. Ses traits ne subirent aucune altération, et il semblait seulement perdu dans ses méditations. De
temps en temps, il murmurait entre
ses dents : Hem! hem! comme lorsqu'un
objet inattendu cause une légère surprise; enfin, après quelques momens,
il répéta à demi-voix ces paroles :

Sur des lèvres rosées
　　La vie s'éteint,
Le gazon des vallées
　　De sang se teint!...

Vous accourez trop tard,
　　Il dort heureux ;
La mort a sans retard
　　Détruit ses feux.

D'amour il palpitait ;
　　Tout a fini.
Hier il espérait...
　　Et le voici !

Fabien tressaillit d'effroi, et commença à craindre que la raison du vieillard ne fût dérangée.

— En route, Addrich, marchons, lui dit-il en l'arrachant à cette vue funeste. Il ne fait pas bon pour nous si près du champ de bataille!

CHAPITRE XLVIII.

—

FACHEUSE RENCONTRE.

Fabien entraîna Addrich à travers les bois et les plaines, marchant sans relâche, et n'évitant ni ne recherchant de préférence aucune route, mais se dirigeant en droite ligne vers le nord, pour gagner le cours de l'Aare. En chemin, il rapporta au vieillard le dernier entre-tien qu'il avait eu avec Gédéon Renold, accompagnant son récit d'une foule de remarques et de conjectures ; puis il lui fit part du plan qu'il avait conçu de fuir avec lui vers la France et l'Allemagne, par la vallée de Munster et les états au-trichiens , et de revenir en Suisse cher-cher des traces d'Epiphania dès qu'il aurait mis son ami en sûreté. Addrich semblait à peine l'écouter, et laissait seulement échapper de temps en temps quelques monosyllabes , comme : Oui, oui, non ; la chose est possible, plutôt par complaisance et pour satisfaire son jeune compagnon, que par le besoin de communiquer avec lui.

Comme ils étaient à l'entrée d'un val-lon formé de prairies assez étendues, ils aperçurent la rive de l'Aare , dans les

eaux de laquelle se jetait un ruisseau
qu'ils avaient suivi jusqu'alors. Quelques cabanes de pêcheur s'élevaient
auprès du bassin que formaient les deux
courans au lieu de leur jonction, et devant l'une de ces huttes, un jeune
homme était occupé à raccommoder
quelques filets. Fabien s'approcha de
lui, et lui promit un bon salaire s'il
voulait les transporter sur l'autre rive.
Le jeune pêcheur les examina tous deux
avec attention! et leur dit : Je parie
que vous venez du lac d'Herzogenbuch,
et que la terre de cette rive vous brûle
sous les pieds! Jésus, Marie et Joseph!
les choses ne vont pas trop bien. Suivez-
moi.

Il jeta son filet à terre, courut au ri-
vage, détacha un petit bateau qui s'y
trouvait amarré, et y fit entrer les deux
voyageurs. Lorsque d'un coup de rame
il eut éloigné son canot de la terre

ferme, il leur dit, tout en continuant de faire avancer sa légère embarcation : Messires, si j'ai un conseil à vous donner, c'est de descendre le cours du fleuve (et le plus loin sera le mieux), jusqu'à ce que la nuit soit venue. Le jour n'est pas trop votre ami.

— Tu es un brave homme ! dit Fabien, conduis-nous aussi loin que tu le voudras, et nous ne chicanerons pas sur le prix du passage. Tu seras content de nous !

— Remerciez cent mille fois la mère de Dieu de m'avoir trouvé sur la plage, repartit le bâtelier. Je parie ma tête que toi, tu te nommes Fabien ab-der Almen, et que ce vieux-là, c'est Addrich des Mousses. Jésus Maria! Il y en a plus d'un qui se trouve le cou trop serré en ce moment !

Fabien pâlit en s'entendant nommer
par un inconnu, dans un lieu où il venait pour la première fois : Comment
nous connais-tu ? demanda-t-il au batelier.

— N'a-t-on pas jeté déjà le filet sur
nous de tous les côtés ? répondit celui-ci.
On ne tient presque pas autant à prendre
Leuenberger qu'à vous tenir tous les
deux, si bien que, pauvre compagnon
comme je le suis, j'aurais gagné sans
peine une paire de doublons, rien qu'à
aller à Olten porter de vos nouvelles
aux bons amis que vous avez là-bas.
Mais ce serait le prix du sang, Dieu m'en
préserve ! Cela n'aurait pas été difficile
cependant, car je vous ai reconnus au
premier coup d'œil, à votre tournure et
à vos habits, tant ils vous désignent à
un cheveu près dans la lettre de signale-
ment qu'ils sont venus nous lire.

Bien que Fabien se sentît innocent,

5.   6.

le cœur lui battit violemment en apprenant cette circonstance , non pas moins
pour Addrich que pour lui-même , qui
avait été le compagnon inséparable du
chef de l'insurrection , pendant toute
la campagne.

· Le batelier remarqua le trouble de
Fabien. Sois sans crainte, lui dit-il , tu
n'es pas le seul qui a pêché en eau trouble. J'étais aussi de la partie, lorsque
nous autres gens de la campagne nous
avons marché contre Soleure, pour aller harponner tous ces brochets des villes. Depuis ce moment-là , je me suis
tenu bien tranquille dans notre petite
rade de Staad, et je ne suis pas même
allé avec les autres sur les montagnes,
pour voir la bataille du lac d'Herzogenbuch. J'avais mes raisons pour agir
ainsi. Lorsque ce coquin de Bipp est
venu ce matin nous faire votre portrait,

et nous ordonner de vous courir après, j'ai su tout de suite le fond de la chose. Ce n'est pas à moi qu'on donnera des grenouilles pous des écrevisses!

Ce fut en écoutant de semblables discours que l'inquiet Fabien vit arriver la nuit qu'il attendait avec impatience. Mon ami, dit-il au batelier, je te donnerai un doublon de bon or si tu veux continuer à ramer toute la nuit; d'ici à demain matin nous serons sans doute arrivés à l'embouchure de l'Aare et du Rhin.

— Non, non! répondit le pêcheur; je ne connais pas cette eau-là plus loin que jusqu'à ce frêne là-bas, devant Brugg; et il ne faut pas s'amuser de nuit avec le fleuve, on pourrait s'en trouver mal. Mais si le marché vous convient, pour la moitié du prix je vous conduirai par la montagne, chez ma tante, à Iffenthal. Vous serez aussi bien cachés chez la bonne femme que dans le giron d'A-braham. Et avant que le jour reparaisse je serai de retour sur la berge.

Fabien consentit à tout pour se procurer un asile ignoré, ainsi qu'à son compagnon de malheur. Le pêcheur toucha à la rive gauche, et les passagers s'élancèrent de la barque, tandis qu'il l'amarrait à un bouquet d'aunes. Alors il se mit à marcher devant eux, en traversant des champs cultivés et des prairies ensemencées, jusque dans le voisinage d'Unbourg, qui se trouvait sur la route d'Olten. Là, il les fit asseoir, et partagea son repas avec eux; puis, après avoir pris des forces, ils entrèrent par une nuit sombre dans la montagne, en passant par des vallées de pins, des cavernes de roches et des lits de torrent.

— Connais-tu bien ton chemin? demanda Fabien à son guide, qui suivait toujours la route la plus courte, mais non la plus agréable.

— Oui ! répondit celui-ci en riant, je le trouverais les yeux fermés. Je l'ai parcouru tous les jours pendant deux années entières, lorsque je faisais la course du Kilt pour aller trouver ma petite Seppli ; et maintenant qu'elle est ma femme, j'y viens deux fois par semaine. J'aimerais sans doute l'avoir avec moi à Staad, mais tant que nous serons sans enfans, il faut bien qu'elle reste avec sa mère à veiller au ménage (1).

Après deux mortelles heures, les voya-

(1) Les visites nocturnes que les prétendus ont coutume de faire à leurs maîtresses, en Suisse, se nomment course du kit (*kiltgang*). Il est aussi d'usage qu'un jeune couple soit séparé dans les premières années du mariage ; et que la femme habite la maison paternelle jusqu'à sa première grossesse.

(*Note de l'auteur.*)

gneurs atteignirent, vers le milieu de la nuit, une hutte solitaire.

— Nous sommes arrivés! s'écria la batelier; mais elles dorment là-dedans comme des corneilles. Attendez, je vais réveiller ma Seppli.

Il grimpa sur un arbre qui s'élevait devant la maison, et disparut par une ouverture qui tenait lieu de fenêtre. Après quelques momens, on entendit parler dans la cabane, et on vit briller de la lumière. La porte souvrit, et le pêcheur, un flambeau de bois de résine à la main, vint éclairer les étrangers et les conduire dans une petite chambre où les rejoignit bientôt une jeune et jolie femme à demi vêtue, suivie d'une petite vieille. Elles donnèrent la bien-venue aux voyageurs, et témoignèrent le regret qu'elles éprouvaient de n'avoir d'autre lit à leur offrir que deux bancs de bois. Fabien remit au brave batelier le salaire qu'il lui avait promis, et le remercia avec chaleur : Allons, dit celui-ci en lui serrant la main, après qu'ils eurent long-temps concerté la manière de vivre cachés dans cette retraite, et les précautions qui étaient à prendre ; allons, vous voilà secs et à couvert : attendez patiemment que ce grain soit passé, et louange à Jésus-Christ !

Satisfait d'avoir mis en sûreté l'oncle d'Epiphania, Fabien s'accommoda sans peine de la vie misérable de la cabane, et se trouva mieux cette nuit sur le banc, et les suivantes sur un lit de feuilles, qu'il n'eût été dans une caverne de rochers qu'il s'était proposé de choisir pour retraite. Les deux fugitifs auraient difficilement trouvé un asile plus agréa-

ble que cette petite vallée verdoyante, où
ne se montrait jamais une figure étran·
gère, et où les deux femmes, assistées
d'un vieux valet, rivalisaient de soins et
d'attentions pour leurs hôtes. La cabane
et les champs environnans, situés entre
deux gorges du Hauenstein, avaient un
aspect entièrement sauvage. De chaque
côté de la vallée, les prairies se dé·
ployaient en amphithéâtre jusqu'au
sommet des montagnes hérissées de
rochers. Au fond du paysage, on aper·
cevait une petite église d'une apparence
misérable, suspendue sur un gouffre
immense. Elle était entourée de quelques huttes, et plusieurs métairies, pla-
cées de distance en distance, formaient
ce qu'on nommait le village.

Addrich passait ses jours dans cette
solitude, assis sur un bloc de rocher,
dans un état d'immobilité complète, tan·

dis que Fabien parcourait avec impatience la montagne. Tourmenté par les
inquiétudes que lui inspirait Epiphania,
cette vie tranquille et uniforme lui semblait odieuse; et il eût quitté dès le premier jour la vallée d'Iffenthal pour aller
à la recherche de sa jeune épouse, même
en risquant sa vie, si l'état d'Addrich lui
eût permis de s'éloigner, et si le fidèle
pêcheur, qui venait régulièrement voir
sa Seppli, ne leur eût apporté de terribles nouvelles.

Chaque semaine le batelier leur ap-
prenait quelque trait de rigueur et de
cruauté, commis par les autorités envers les prisonniers rebelles, et il leur
annonçait aussi chaque fois de nouvelles
arrestations. Presque tous les chefs et
les promoteurs de l'insurrection étaient
déjà dans les cachots. Leuenberger avait
été livré à Trachsenwald par son propre

5.   7

confident et son voisin, Hans Bierri , et
emmené à Berne. On avait établi à Zofingen une chambre ardente, composée
de quinze membres, pour juger les prisonniers et faire exécuter les coupables.
Christen Schyby, découvert dans l'Entlibuch, avait comparu devant ce tribu-
nal, et avait été décapité à Sursée avec
trois de ses campagnons. Adam Zeltner,
le prudent sous-bailli de Buchsiten, reçut le coup de la mort, à Zofingen, de
la main d'un valet de bourreau, bien
que l'ambassadeur français, messire de
La Barde, eût vivement intercédé pour
ses jours. Ulli passa de vie à mort par
la strangulation, sous la porte de Bâle,
à la voûte de laquelle il fut suspendu,
tandis qu'on décapitait, dans le même
lieu, six de ses complices, vieillards à
cheveux gris et à barbe blanche. Leuenberger eut une fin semblable, ainsi que
son secrétaire Bremmer et d'autre chefs

du canton de Berne. Un forgeron de Hochstetten, qui avait fabriqué des fers de pique pour les rebelles, fut condamné à être décapité, et ses membres coupés en quatre quartiers furent cloués à l'échafaud. Mais le lundi suivant, un orage terrible, accompagné de tourbillons, ayant éclaté sur la ville de Berne, et brisé en mille pièces l'échafaud qui portait les têtes des insurgés, le peuple, qui tremblait d'effroi devant les autorités, regarda, dans sa superstition, cet évènement comme un avertissement du ciel, qui désapprouvait la conduite sanguinaire de ses gracieux seigneurs et maîtres.

Les exécutions ne continuèrent pas moins à avoir leur cours ; et le nombre des infortunés qu'on fit périr ne fut pas moins grand que celui de ceux à qui le bourreau coupa une oreille ou brûla la langue. Quant à ceux qu'on frappa de verges, qu'on exila de leurs pays et qu'on envoya sur les galères vénitiennes pour trouver la mort dans les combats contre les infidèles, ou qu'on réduisit à la mendicité en les frappant d'amendes excessives, leur nombre fut innombrable.

CHAPITRE XLIX.

—

LE DERNIER MESSAGE DU MÉNÉTRIER.

— Je préfère vivre parmi des Turcs,
des païens, des cannibales, ou des bêtes
féroces qui ne déchirent que lorsque la
faim ou la nécessité les y force, s'écriait
Fabien, que sous ces autorités chré-

tiennes qui cachent leur lâcheté et leur frayeur sous la cruau é , qui couvrent leurs basses vengeances du manteau de la justice, qui, après avoir audacieusement foulé aux pieds un pauvre peuple, punissent son désespoir avec une rage aveugle sur les innocens et les coupables, et qui viennent ensuite se nommer de pieux et gracieux seigneurs. Nature infâme !

— Pourquoi maudis-tu la nature, pauvre garçon ? répondit Addrich d'un ton calme ou plutôt glacé ; elle suit la route qui lui est tracée. Quand une nation se laisse mener avec le fouet et la verge, elle ne mérite rien de mieux que le fouet et la verge.

— O Addrich! ne m'enchaîne plus au milieu de ces rochers teints de sang, s'écria Fabien en versant des larmes de

rage, j'irai plutôt vivre dans un désert,
et m'établir au milieu des tigres. Notre
vieux batelier t'a-t-il raconté l'histoire
de cette pauvre femme d'Olten qui alla
à Zofingen pour demander aux juges
impitoyables la vie de son mari et de
son fils, et qui se vit réduite à n'intercé-
der que pour un seul? Et lorsqu'on lui
eut permis de faire ce terrible choix, et
qu'elle eut livré une lutte entre l'amour
maternel et celui d'une épouse, elle n'ob-
tint que des ris moqueurs pour la trom-
perie dont elle avait été victime. Voilà,
ce me semble, le triomphe de l'enfer, le
raffinement de la plus horrible cruauté.

— Silence, mon garçon! répondit
Addrich. Songe à préserver ta jeune
peau. Où résident les tyrans, les pierres
ont des oreilles.

Il n'avait pas tort. Car le curé de l'Iffenthal avait découvert la retraite des deux fugitifs, interrogé la femme du pêcheur, et il avait ordonné de garder le silence sur toutes les questions qui lui avaient été faites. Mais la jeune paysanne obéit plus à la voix de la compassion qu'à celle de son directeur, et avertit les étrangers des périls qui les menaçaient. Ce fut alors qu'ils virent que ce désert écarté ne leur offrait plus d'asile.

— Mettons-nous donc en route, dit Fabien; on peut bien risquer sa vie, lorsqu'il s'agit de la sauver. Essayons de gagner par ces montagnes écartées le territoire impérial près du Rhin, et évitons surtout les villages et les fermes.

— Pour moi, peu m'importe! répondit Addrich avec indifférence. Tu ne saurais me sauver la vie. Si je ne t'avais fait une promesse, il y a long-temps

que je m'en serais débarrassé. Je suis
prêt à te suivre. Il y a encore de longs
jours pour toi ; quant à moi, mon ave-
nir est vide.

Fabien quitta ses hôtes en leur adressant mille remerciemens, et le cœur
rempli de reconnaissance ; Addrich se
mit en route sans mot dire ; et avant
que le soleil se levât, ils étaient déjà
loin de la hutte.

Un brouillard épais qui s'élevait au-
dessus de la vallée favorisait leur fuite,
mais la retardait en même temps ; en
sorte qu'ils ne sortirent de cette gorge
de montagnes qu'aux premiers rayons
du jour, où ils aperçurent un torrent
qui s'échappait entre deux rochers, et
s'élançait du Bas-Hauenstein au-dessus
de la route.

Comme ils gravissaient le sentier rocailleux qui se perdait en s'élevant dans un nuage grisâtre, ils aperçurent un voyageur qui montait au-dessus d'eux. Fabien s'apercevant qu'il était vêtu du costume des villes, enfonça brusquement sa barrette de velours brun sur ses yeux, et détournant son visage, il passa devant lui, enveloppé de son manteau, et lui souhaita sèchement le bonjour selon l'usage.

— Eh là ! halte ! s'écrie le voyageur. Dimanche et lundi se joignent toutes les semaines, mais non pas deux bons amis. Je me réjouis de vous trouver ici, messire mon ami, et de pouvoir faire un petit bout de chemin ensemble, bien que vous couriez comme un mercier ambulant.

— Vous voilà de bonne heure sur vos jambes, répondit Fabien qui re-

connut alors le joyeux ménétrier d'Aarau et qui se réjouit de trouver dans
ce voyageur une vieille connaissance.
Qu'y a-t-il de nouveau ? Maintenant la
tranquillité et la sûreté sont rétablies
sans doute dans le pays, et tout est
rentré dans l'ancien ordre de choses.

— Oui, oui, messire mon ami, on a
nettoyé l'étable comme il convenait. Cependant, je dis, moi, que si les balais
neufs frottent vigoureusement, ils n'en-
trent pas dans les coins. Ce coquin d'Addrich, ce démon bon à pendre, croiriez-
vous qu'ils n'ont pas encore pu le trouver ? Dieu sait où il s'est fourré ! Mais
quand on a la selle, on a bientôt la
bride. Je parierais bien qu'il ne promè-
nera pas long-temps sa trogne rougie.
Aujourd'hui ou demain il grimpera sur
l'échelle du bourreau, ou tout au moins
il fera une petite station, les épaules

nues, sur la place du marché. Il l'aurait mérité rien que pour ce qui me re-
garde. Se serait-il caché dans un gre-
nier, j'irais y monter pour le prendre.

— Tu peux l'avoir sans te donner
tant de peine, dit Addrich qui arrivait
en ce moment derrière lui. Me voici.
Combien t'a-t-on offert pour me livrer?

Maître Wirri demeura immobile et
regarda le vieillard d'un air stupéfait;
mais il ne tarda pas à se remettre et il lui
dit d'un air cordial, bien que visible-
ment empreint d'inquiétude : Allons,
allons, j'espère que vous entendez la
plaisanterie, messire mon ami. Je vous
avais bien aperçu, et ce que j'en disais
n'était que pour vous faire peur. J'ai aussi
bien des complimens à vous faire de la
part de ma petite Aenneli qui été à votre
service et qui se loue toujours de vous.

— Elle est donc devenue *ton* Aenneli? dit Addrich d'un air indifférent.

— Sans doute ; je parie que cela vous
semble bizarre, s'écria vivement Wirri,
qui ne pouvait cacher le plaisir qu'il
éprouvait à voir la conversation prendre
une autre direction. Eh bien, ce qui
n'est pas encore fait, peut se faire. Elle
est chez le vénérable doyen Rusperli,
où elle mène une vie de chanoine, et
sa langue frétille comme la queue d'un
poisson.

— Eh bien! combien t'a-t-on offert
pour me livrer? reprit Addrich en re-
nouvelant sa demande.

Cette question rendit de nouveau le
ménétrier tout interdit, cependant il
parvint à former un sourire à force
de contracter les muscles de son visage,

et répondit : Eh quoi! ne me faites donc pas d'une pilule une bombe. Tout le monde voyait bien qu'on ne pouvait pas marcher plus long-temps dans les vieux sabots, et les paysans n'avaient pas tort : personne n'en doute. Si vous aviez seulement mis les fers au feu, tandis que vous étiez devant l'enclume; mais chaque paysan ne songeait qu'à cuire ses propres herbes. Et quand deux chiens mordent à la même jambe, ils tombent rarement d'accord. C'est là le malheur. Un homme comme vous, messire mon ami, aurait dû diriger le gouvernail, et non pas ce bravache de Leuenberger qui faisait des mines importantes, comme s'il eût entendu bouillonner les sources sous la terre et pousser le gazon, et qui portait la tête droite et le nez au vent, comme s'il eût avalé une épée, et que la lame lui en fût restée dans la gorge.

— Silence, chien! s'écria Addrich.
N'injurie pas les morts! Il est mort pour
une meilleure cause qne celle pour laquelle tu vis!

— Allons, allons, il y en a qui trou-
vent plus de choses dans les champs
sans rien faire, que d'autres dans les
champs en travaillant, répliqua Wirri,
non sans quelque embarras causé par
la violence d'Addrich.

— Je parle de la liberté du pays!
s'écria de nouveau le vieillard.

— Sans doute! ah! la chère liberté!
On l'achète toujours diablement cher,
et on la vend pour peu de chose. Croyez-
moi, messire mon ami, l'Italien s'en
passe en chantant, l'Allemand en bu-
vant, le Français en dansant, le Hollan-
dais en thésaurisant, l'Espagnol en

priant, et le Suisse en dormant. Puisque le paysan ne peut devenir bailli, il faut bien qu'il fasse lui-même son fromage.

— Je remarque, dit Addrich, que tu es un de ceux qui se tournent à tout vent.

Fabien, qui désirait voir l'entretien se porter sur un autre sujet, chercha à le détourner en s'adressant à Wirri. Eh bien, maître, lui dit-il, où vous conduit votre route de si bonne heure?

— Je viens d'Olten et je m'en vais à Bâle. Il faut faire bien des choses pour son pain quotidien. Le vénérable sire doyen d'Aarau a une fois placé sa confiance en moi, et il n'y a que moi, selon lui, pour bien porter une lettre et la remettre avec discrétion... Cette fois, mon message est pour Bâle, et la lettre

est adressée à Dan... Dan... Din... Don...
Dar... Eh! vous le connaissez mieux que
moi. Je ferais plutôt passer dix mous-
serons par mon gosier que ce diable
de nom! En parlant ainsi, il passa sa
main sous son pourpoint, et tira la
lettre pour en lire l'adresse.

— A Don Nardo! s'écria Fabien hors
de lui, et il arracha avec impétuosité la
lettre des mains du discret ménétrier.

— Justement!...Don Nardo! répondit le ménétrier; et il ajouta, en jetant
un regard rusé et inquiet sur Addrich :
Maintenant rendez-moi ma lettre. Voilà
un homme là qui m'a déjà gâté un message et qui a ouvert une lettre qui n'a-
vait pas été écrite pour lui,

— C'est ce que je puis faire aussi, et
j'en répondrai au doyen Rusperli! dit

5.   7.

Fabien en rompant le cachet. Il parcourut la lettre d'un regard avide.

Maître Wirri demeura immobile de surprise et la bouche béante. Il demeura quelques momens sans pouvoir proférer une parole; enfin il balbutia à demi effrayé, à demi en colère : Plaignez-vous donc!... Que Dieu me soit en aide!... On ne pourra bientôt plus marcher en Suisse sans escorte... Il y en a qui nommeraient cela un vol de grand chemin. Mais je retourne d'un trait à Aarau, et je porte une plainte à messire le doyen. Attendez, attendez, il vous mettra l'aiguillon sous le ventre. Un peu de patience!

—Silence! s'écria Addrich en levant le poing fermé.

Maître Wirri se courba jusqu'à terre pour échapper à ce geste menaçant, et

reprit en courant le chemin d'Olten.
Quand il fut à quelque distance, il leur
cria : Il y a encore des autorités dans le
pays, et qui ont quelque pouvoir, Dieu
merci! Vous ne tarderez pas à recevoir
de mes nouvelles!

Pandant qu'il s'éloignait en murmu-
rant, revenant quelquefois dans l'espoir
d'obtenir sa lettre, et reprenant sa course
à chaque geste menaçant que faisait Addrich, Fabien s'occupait de lire l'épître
dont il s'était emparé. Elle était écrite
en langue latine, et le contenu lui en
sembla peu intelligible. Le doyen s'y
exprimait à peu près de la sorte :

« Ah que notre tête n'est-elle un tor-
» rent, et nos yeux des sources de larmes,
» afin que nous pleurions nuit et jour!»
(Jérémie , 89.)

« Il eût été plus heureux pour toi

»que tu fusses tombé du haut des ro-
» ches dans la mer, avec une meule de
» moulin suspendue au cou, que d'avoir
» perdu la foi et la vie éternelle.

» Addrich a péché comme Dathan et
» Abiram, lorsqu'ils furent frappés pour
» s'être révoltés contre l'autorité que
» Dieu avait établie. Mais sa faute est lé-
» gère auprès de la trahison que tu as
» commise envers Jésus-Christ ; car ton
» apostasie est un crime conte le Saint-
» Esprit, qui ne te sera jamais pardonné.
» Je ne puis pas me dire l'ami de celui
» qui est devenu l'ennemi de Dieu , et
» les portes de ma maison se fermeraient
» devant lui. Puisque tu es à Bâle , il
» faut y demeurer ; si cette lettre te
» trouve sur la route d'Aarau, retourne,
» et tiens-toi pour averti ; car tu ne
» trouveras plus le jeune homme que tu
» cherches, nous ne savons pas ce qu'il
» est devenu.

» Malheur à toi pour t'être laissé aveu-
» gler par l'esprit de ténèbres, et entraî-
» ner dans les piéges du catholicisme
» espagnol! Si les sauvages des îles Phi-
» lippines t'avaient donné le coup de
» mort au lieu de celui qui t'a laissé une
» cicatrice, tu serais moins à plaindre,
» car ta pauvre âme eût été sauvée. Tou-
» tes les tonnes d'or que tu as héritées
» de ta femme que tu délivras des mains
» de ces barbares, ne te rachèteront pas
» de la damnation éternelle. Et quand
» tu aurais acquis toutes les Indes, les
» trésors du monde entier, à quoi te ser-
» viraient-ils s'ils ne peuvent t'empê-
» cher de brûler dans l'enfer?

» Moi, serviteur indigne de la sainte
» parole de Dieu, je te conjure par les
» plaies sanglantes du Sauveur, de re-
» tourner à la véritable foi évangélique,
» dans laquelle tu es né et tu as été élevé,

» et de ne pas entraîner cette jeune fille
» dans ce gouffre de perdition. Encore
» une fois, reviens à Jésus-Christ que tu
» as abandonné; alors nous pourrons
» nous revoir : autrement, jamais! J'é-
» lèverai vers mon Dieu ma voix jour et
» nuit, pour qu'il touche ton cœur,
» et te ramène sur le chemin du salut.
» *Amen.* »

Perdu dans les réflexions et les conjectures que lui suggérait le sens de
cette épître, et en proie aux fâcheux
pressentimens que lui inspiraient les lignes du doyen au sujet de la jeune fille
qui s'y trouvait si vaguement désignée,
Fabien s'était approché insensiblement,
en lisant et relisant cette lettre, des bords
escarpés de cette route tracée sur la
montagne, sans s'inquiéter d'Addrich
et de Wirri qu'il avait perdus de vue.
En levant les yeux, il les aperçut tous

deux dans le lointain , déjà enveloppés
de ce brouillard dont les nuages se ba-
lançaient sur la croupe de la montagne.
Un vent rapide, tourbillonnant entre
les rochers, balayait de moment en
moment quelques parties de l'atmo-
sphère brumeuse, et il lui semblait
apercevoir dans les éclaircis aussitôt
effacés que l'aquilon laissait sur son
passage, des figures d'hommes et de chevaux. Mais bientôt une autre figure,
sortant de l'épaisseur du brouillard, se
montra fort près de lui. C'était un
voyageur qui conduisait son cheval par
la bride. Fabien reconnut aussitôt don
Nardo.

— Arrête , s'écria-t-il en tirant son
épée. C'est Dieu lui-même qui te met
dans mes mains. Arrête, et réponds-
moi.

Don Nardo, qui ne s'attendait pas à

cette attaque, s'arrêta d'abord surpris;
mais dès qu'il eut reconnu le jeune
homme, il lui dit avec calme : Il m'en
a coûté de grosses sommes pour mettre
toute sorte de gens à votre recherche;
mais en vérité je ne m'attendais pas à
vous trouver faisant le métier de voleur
dans cette solitude. Malheureux! ne me
reconnais-tu pas?

— Réponds à ma demande! s'écria
Fabien en plaçant la pointe de son épée
sur la poitrine de l'étranger. N'as-tu pas
enlevé Epiphania, la nièce d'Addrich,
ma femme?...

CHAPITRE L.

—

DIETHELM.

Tandis qu'il parlait ainsi, on entendit des pas de chevaux, et de nouvelles figures se montrèrent au milieu des brouillards comme des ombres. Un cri se fit entendre.

5.   8

— N'égorge pas mon père! et une femme s'élançant sur Fabien, retint son bras.

Le son de cette voix pénétra jusqu'au fond de son âme, et produisit sur lui une telle impression que l'épée tomba de ses mains. Mais celle qui était accourue, reconnaissant ses traits, se recula avec effroi, et levant vers lui les bras en pleurant, elle s'écria : Faby! ah Faby! c'est toi! et elle vint se jeter sur son sein. Fabien, immobile et les joues couvertes de pâleur, balbutiait seulement ces mots : Fanely, mon âme! ô ma vie!

Dans leurs premiers momens d'ivresse, lorsqu'au milieu de la joie de se retrouver ils oubliaient tout ce qui les entourait, Addrich accourut hors d'haleine, descendant le chemin incliné de la montagne. Il avait entendu des cris du sommet où il se trouvait, et il avait doublé le pas, craignant que Fabien n'eût été surpris au milieu du brouillard par les soldats des villes, et qu'on ne l'emmenât prisonnier. Résolu à le délivrer, et ne doutant pas de la réalité de ses soupçons à la vue des hommes et des chevaux qui s'offraient à ses yeux, il tira son épée et se jeta sur le premier qui se trouva sur son passage ; mais son bras levé s'arrêta comme s'il eût été frappé de la foudre ; la terreur se peignit dans ses traits, ses yeux étincelèrent comme s'ils eussent été près de s'élancer de leur orbite, et il laissa échapper ces paroles d'une voix que l'émotion rendait tremblante : Dieu ! c'est mon frère Diethelm !

Don Nardo lui-même, dont rien ne troublait d'ordinaire l'impassibilité, perdit aussi contenance, et reculant

d'un pas, s'écria : Addrich ! Mais, reprenant aussitôt son attitude grave, il
ajouta : Malheureux ! tu es devenu l'effroi de ce pays. C'est toi seul que je
voulais éviter ! Mais je te dois de la
reconnaissance pour les soins que tu
as donnés à mon enfant. Fuis avec nous
ce pays, qui te maudit justement, et
viens habiter mes domaines près du
Rhin. Voici ma main, nous sommes
réconciliés.

Addrich jeta en frémissant un coup
d'œil sur la main qui lui était offerte,
et lui dit d'une voix sourde : N'as-tu
donc pas été enseveli sous les glaces du
Rawyl ?

Don Nardo sourit tristement, et dit
en secouant la tête : Ne parlons plus de
cela, mon frère. Sache en deux mots
que la miséricorde de Dieu s'est mon-
trée en moi. Tes refus me conduisirent,

par la route du Rawyl, au port où je m'embarquai pour les Indes. Une riche habitante des Philippines devint mon épouse, et à sa mort j'héritai de tous ses biens. Maintenant tous mes vœux sont comblés. Retournons à Bâle. Donne-moi ta main, mon frère.

—Homme, qu'ai-je de commun avec toi? dit Addrich en conservant son attitude : n'as-tu pas été la cause de tous les tourmens de mon existence? Dans ton enfance, ne m'avais-tu pas ravi le cœur de mon père? dans ta jeunesse, l'amour de ma fiancée? C'est toi encore qui m'as enlevé Epiphania ainsi qu'à son époux.

— Oublions le passé, dit dont Nardo, ou plutôt Diethelm. Voici Epiphania; ne vous est-elle pas rendue? Il fallait l'enlever, car je ne pouvais la réclamer.

Tous deux nous ne pouvons rester dans ce pays. Mes droits eussent été nuls aux yeux de vos juges, et je me verrais arracher ma fille parceque je suis catholique. Ce bailli lui-même pour qui, tu le sais, je perdis mon bien, ma place, a cru me montrer assez de reconnaissance en m'avertissant de ne pas mettre le pied sur le territoire de Berne.

Addrich semblait ne pas entendre les paroles de son frère : plongé, la tête baissée, dans ses réflexions, ses regards restaient fixés sur la terre.

— Eh bien ! mon frère, continua Diethelm, après quelques momens de silence, durant lesquels il contempla avec compassion le vieillard, ne veux-tu pas me donner ta main? Que le passé soit oublié. La foi que je professe me ferait proscrire de ces pays, ta tête est à prix; partons, allons achever nos jours ensemble.

Addrich releva la tête : J'ai donné ta fille que tu m'avais laissée, dit-il, à ce jeune homme, afin qu'elle ne restât pas seule.

Diethelm fit un signe approbatif, et répondit avec bonté : Eh bien! il sera mon fils.

Addrich jeta un regard autour de lui, et s'approcha de Fabien et d'Epiphania dont les mains étaient enlacées, et qui lui dirent avec joie : Addrich, bientôt tous tes chagrins seront oubliés.

— Oui, bientôt, murmura Addrich. Et comme son frère approcha, il fit quelques pas, et disparut dans le brouillard comme une ombre.

— O Fabien, s'écria Epiphania les yeux mouillés de larmes, viens baiser la main de mon père.

Fabien ne quitta pas la main de sa jeune épouse, comme s'il eût encore redouté qu'on la lui enlevât, et de l'autre ôtant sa barrette, il dit à don Nardo : Epiphania, votre fille, est devenue ma femme. Je vous demande votre bénédiction.

— Tu seras mon fils, répondit Diethelm avec bonté en appuyant la main sur l'épaule de Fabien. La volonté du ciel s'est fait connaître. Toi que j'ai fait en vain chercher dans tous les cantons depuis sept semaines, et dont on n'a pu découvrir les traces, Dieu lui-même t'envoie à moi. Nous étions sur le point de nous rendre à Olten, pour nous informer auprès du doyen Rusperli...

— Oh! que tu m'as causé d'inquiétude, Fabien! dit Epiphania en le serrant sur son cœur.

— Pardonnez-moi si je vous ai méconnu et offensé, dit Fabien à Diethelm. Pourquoi m'avoir caché que vous étiez le père de Fanely? Pourquoi vous être présenté sous un faux nom?

—Je n'ai pas pris un nom qui ne m'appartienne pas, répond celui-ci. Je me nomme Léonard Diethelm. Sous un ciel étranger, je me dépouillai de tout ce qui pouvait me rappeler un jour d'infortune, et, sous le nom de Leonardo (1) que je portai dans les possessions espagnoles, je fus plus heureux que sous celui de Diethelm. Mais, jeune homme, comment pouvais-je me fier à toi, puis-

(1) Les Espagnols en font, par abréviation, Nardo.

que je ne te connaissais pas? Je ne connaissais, d'après le bruit pubic, qu'un
soldat de fortune qui demandait la main
de ma fille à Addrich. Je t'avais pris
pour lui.

Fabien embrassa le père d'Epiphania
avec émotion, et lui dit, les yeux mouillés de larmes et d'une voix touchante:
Vous êtes mon père, et je veux vous
obéir comme votre fils; mais n'allez pas
à Olten, n'allez pas à Aarau, une fâcheuse réception vous y attend.

Diethelm embrassa le jeune homme,
et joignant ses mains avec celles d'Epiphania dans les siennes, il lui dit : Voici
ta femme !

En ce moment, le nuage gris qui per-
çait sur la montagne, se déchira comme
un rideau, et laissa apercevoir les cimes

de monts, dorés par les rayons du soleil levant. Cet astre resplendissant coloraitde ses feux les rochers et les arbres de cette solitude, et de chaque branche mouillée par la rosée, brillait un diamant qui jetait mille étincelles. Fabien et Epiphania, enivrés de bonheur, contemplaient en silence ce spectacle magnifique. Les regards de Diethelm étaient attachés sur eux avec satisfaction, et il semblait jouir de la vue des heureux qu'il venait de faire. Enfin il se tourna vers ses gens qui se tenaient à quelques pas avec les chevaux, et leur cria : Retournons à Bâle ! Mais où est mon frère?

Addrich avait disparu au milieu des brouillards; aucun des serviteurs de Diethelm ne savait dire de quel côté il avait tourné ses pas. Tous l'appelèrent à grands cris; nulle réponse ne se fit entendre. Tous se mirent à sa recherche; et, après plusieurs heures de courses infructueuses, ils revinrent sans l'avoir trouvé.

— Partons! dit Fabien. L'infortuné n'a pu supporter la vue de notre bonheur. Il est déjà sans doute en chemin pour se rendre au territoire impérial, vers lequel nous nous dirigions.

On descendit l'autre revers du Hauenstein, où le chemin, devenant moins rapide, conduit au petit village isolé de Laufelsingen. Là, Diethelm envoya des guides du pays à la recherche de son frère, avec ordre de le chercher dans toute la montagne, et de parcourir les glaciers du Frickthal, où il avait sans doute tourné ses pas. Ils devaient engager Addrich à rejoindre sa famille à Bâle où elle allait se rendre.

CHAPITRE LI.

—

LE DÉLATEUR,

Maître Wirri regagnait à grands pas
la route d'Aarau d'où il était parti le
matin, roulant dans sa tête mille projets
de vengeance contre le farouche vieillard et l'audacieux jeune homme qui

semblaient avoir conspiré contre la réus-
site de tous ses messages. Tout en marchant, il ne pouvait s'empêcher de se
retourner de temps en temps, pour voir
s'il n'était pas poursuivi par Addrich et
son compagnon ; et ce ne fut que lorsqu'il aperçut de loin les tours d'Aarau
qu'il commença à retrouver quelque sé-
curité. Alors il ralentit le pas, et s'arrêta même pour essuyer la sueur qu'une
course forcée faisait découler le long
de son visage.

— On a bien raison de dire que la
rébellion n'est finie que lorsque le dernier rebelle frétille à la potence, dit le
ménétrier en abattant avec son mou-
choir la poussière qui couvrait son col
et sa barrette. Qui m'eût dit que je ren-
contrerais ces deux marauds sur mon
passage, et si près de la ville?... En
vérité, il faut qu'ils soient en nombre;...

et n'ai-je pas vu des hommes et des chevaux qui venaient par la montagne?...
ils étincelaient de loin aux rayons du
soleil qui perçaient le brouillard, et
maintenant je pense qu'ils portaient des
casques et des cuirasses... Il n'y a pas
de doute, l'insurrection recommence,
et les rebelles ont trouvé des secours auprès de l'Autriche ou de la France...
Une armée a passé les monts... Cou-
rons prévenir le doyen, le conseil et
toute la ville... Qu'on ferme les portes,
qu'on se défende... Moi, je vais me hâ-
ter de faire mon petit bagage et de partir
avec Aenneli... C'est pour le coup qu'il
y aura des représailles !... Ah ! je com-
prends à présent pourquoi cet Addrich
avait l'air si fier... Quelle frayeur il
m'a causée quand il est venu me frapper
sur l'épaule !... si pareille chose m'arrivait encore, je crois que j'en mourrais
sur la place...

Une lourde main qui tomba en ce moment sur l'épaule du ménétrier, interrompit sa phrase. Maître Wirri se courba presque jusqu'à terre comme succombant sous cette commotion, et il n'eut pas la force de relever la tête pour voir celui qui l'abordait ainsi, et qu'il ne croyait que trop bien connaître.

— Combien t'a-t-on offert pour me livrer? lui dit Addrich, car c'était lui qui causait cette nouvelle frayeur au malheureux ménétrier.

— Eh quoi ! messire mon ami, lui répondit celui-ci en se détournant un peu, prenez-vous encore au sérieux cette facétie...? Les paroles, comme on dit, sont des femelles, et les actions sont des mâles. Que vous importe les bavardages de ces pauvres sires de Berne et d'Aarau, qui n'ont que quelques pauvres halle-

bardiers à leurs portes pour leur dire:
Dieu vous bénisse! quand ils éternuent;
lorsque vous allez leur faire visite avec
dix mille Autrichiens.

—Que dis-tu, misérable! la frayeur
te fait-elle perdre l'esprit? dit Addrich
en le poussant rudement.

—Ou bien sont-ce des Français? Ce
serait encore meilleur, dit le ménétrier.
Mais je vous demande grâce pour ma
maison, à cause de mon Aenneli, qui
va venir l'habiter. Elle a été votre servante, vous vous rappelez cette fameuse
nuit où vous m'attrapâtes si bien... Ah!
ah! ah!... Et moi qui la prenais pour
Epiphania!

—Epiphania! répéta Addrich d'une
voix sourde; et il murmura ces paroles:

5.   8.

Mon père, sur la montagne,
Fuis loin du bord !
La joie de ma compagne
Sera ta mort !...

Lorely ! ma fille, ajouta-t-il, je vais donc enfin te rejoindre !...

— Que marmote-t-il là ? se dit le ménétrier en l'examinant. Il observe la ville, il en cherche le côté faible !... Les Français ne sont pas loin peut-être. Je m'attends à chaque moment à en voir déboucher vingt mille dans la plaine...

— Écoute, lui dit Addrich en se rapprochant de lui, et réponds franchement à mes questions, ou crains ma colère...

— Oh ! je n'aurai garde de vous irriter... Quand on a, comme vous, trente mille Français pour vous soutenir...

— Fou que tu es! épargne-moi ces bavardages et réponds? Ma tête est à prix dans ce canton?

— Dans ce canton comme dans tous les autres, dit le ménétrier. Partout où vous verrez pousser des pins et des frênes, je vous conseille de penser qu'on en fait des potences... Mais maintenant que vous avez pour vous plus de quarante mille...

—Et combien a-t-on offert pour me livrer? demanda Addrich d'un ton calme.

—Ah! je vois, dit le ménétrier, vous voulez rendre au bailli une figue pour une poire. L'affiche porte en beaux caractères : CENT FLORINS A QUI LIVRERA... Cent florins! vous voyez, messire mon ami, qu'on vous traite avec considération... Ils n'avaient pas tort, ma foi! un homme qui négocie d'égal à égal avec la France, qui vous amène d'un saut cinquante mille hommes!... Mais, je vous en supplie, épargnez la pauvre Aenneli. Je veux l'épouser, et...

—Tu veux épouser Aenneli, dis-tu? Je vais te faire compter une dot... Viens, mène-moi à Aarau.

Le ménétrier demeura immobile et le regarda d'un air plus qu'étonné. En vérité, messire mon ami, lui dit-il, les choses en sont-elles là, que vous puissiez ainsi plonger le bras jusqu'au coude dans la caisse de la ville, et venir seul dans un moment comme celui-ci! Alors tout est dit. Mais, messire mon ami, j'ai encore une grâce à vous demander, c'est de me faire un peu violence, car il ne faut pas qu'on dise de maître

Henri Wirri d'Aarau qu'il a introduit les Français dans sa ville natale... Il faut, pour que vous ayez tant de confiance, qu'il y en ait au moins cent mille... N'entends-je pas leurs trompettes?

— Penses-tu, malheureux, que je voudrais introduire l'étranger dans ma patrie! lui dit Addrich avec colère. Non. Que le ciel la punisse de sa lâcheté! que les Alpes s'écroulent sur ses vils oppresseurs qui ne se croient en sûreté dans leurs villes qu'en remplissant les fossés du sang des paysans! que nos amis, que nos frères vengent un jour notre mort! mais honte à celui qui appellera l'étranger au milieu de nos montagnes! que les tyrans et les esclaves se réunissent alors pour l'écraser!...

Addrich avait prononcé ces paroles avec le plus vif enthousiasme, les mains levées vers le ciel; son visage pâle, ses yeux éteints s'étaient animés d'une vie nouvelle. Il retomba dans son apathie, et dit à Wirri d'un ton de voix sourd et monotone : Marchons à la ville, je vais te faire compter cent florins.

—A-t-il perdu l'esprit ! dit le ménétrier. Croyez-moi , messire mon ami, puisque vous n'avez pas les Français derrière vous, ne vous hasardez pas à passer sous les poteaux de la ville. Il y a de vos amis qui vous regarderaient du haut en bas et qui pourraient vous reconnaître. Cent florins ! et qui vous les donnerait, bon dieu ! Si vous ne vous souciez pas de recourir aux Français, je ne me soucie pas, moi, de recourir aux Lombards.

— Ne m'as-tu pas dit qu'on les remettrait à celui qui leur livrerait ma tête ?

— Eh bien! Il n'y a personne ici
qui songe à vous arrêter, et elle tient
encore solidement sur vos épaules.
Allez, messire mon ami, allez aussi loin
qu'il vous plaira; bien que vous m'ayez
joué d'assez mauvais tours, ce n'est pas
moi qui vous trahirai. Cent florins sont
une bonne chose, Dieu merci; mais l'argent qu'on vous jette de la fenêtre, vous
blesse souvent la tête, et la veste du pendu
ne va bien à personne qu'au bourreau.

—Que m'importent tes scrupules! On
me ferait peut-être grâce si je me livrais
moi-même. Tiens, prends mon sabre, et
conduis-moi à l'hôtel-de-ville d'Aarau.

Le ménétrier se retira de quelques
pas, pour ne pas prendre l'arme que
lui tendait Addrich, et paraissait inquiet
et affligé de cette singulière résolution;
mais le vieillard s'avança vers lui, et le

força par un geste menaçant à obéir.
Maître Wirri prit alors le sabre, et le
portant d'un air embarrassé, il précéda,
bien malgré lui, Addrich désarmé, qui
le força à prendre le chemin d'Aarau
dont les portes n'étaient plus éloignées,
et qui semblait plutôt conduire un cri-
minel, que suivre l'homme qui allait le
dénoncer. De moment en moment,
maître Wirri se retournait vers le sombre
vieillard, et lui faisait de nouvelles représentations auxquelles celui-ci ne ré-
pondait que par quelques monosyllabes
et quelquefois seulement par un regard
de mépris.

— Mais croyez-moi, messire mon
ami, il ne faut pas aller au bois quand
le loup a la dent creuse. Les exécutions
qui ont été faites à Berne et en d'autres
lieux ont excité l'émulation des sires
d'Aarau, qui n'ont eu jusqu'ici que des

petits pendus de peu d'importance; ils
seront trop heureux de vous fournir
une cravate...

— Hâtons-nous, il est temps que j'ar-
rive, répondit Addrich en doublant le
pas et en forçant le ménétrier de l'imiter.

— Et puis, que dira-t on de moi dans
le ville? reprit Wirri en continuant d'a-
vancer. Aenneli voudra-t-elle m'épouser,
lorsque j'aurai livré son ancien maître?

— On te remerciera, on te bénira!
Qui sait? le sang mène aux honneurs;
peut-être un jour seras-tu bailli! Marchons!

— Non, non, le monde n'est pas si
méchant que vous le faites. Le moment
de crise passé, on me montrera au doigt,

5.   9

on me nommera pourvoyeur de gibet...
Tenez, messire mon ami, croyez-moi :
voici votre sabre, remettez-le à votre
ceinturon et gagnez le large. Cette af-
faire-là ne nous sera profitable ni à l'un
ni à l'autre.

— A toi de l'argent, et à moi la mort !
c'est tout ce que nous désirons, l'un et
l'autre. Marchons.

— Le diable d'homme ! se dit Wirri
en avançant, et regardant de côté et
d'autre s'il ne pouvait s'échapper. Mais
Addrich le suivait de près, et la fuite lui
sembla impossible. Ils avaient déjà gagné l'esplanade qui s'étendait devant la
ville, et l'on distinguait les soldats qui
étaient postés devant les portes; on
voyait aussi des poteaux placés de distance en distance le long des fossés.

— De grâce, messire mon ami, dit le

ménétrier en se retournant vers Addrich, n'allez pas plus loin aujourd'hui.
J'en ai vu assez pour dire que vous avez
du courage; et ce n'est pas ce coquin
de Leuenberger, qui pleurait comme
un enfant entre ses confesseurs, qui en
eût fait autant. Allez, je vous tiens pour
un brave. Mais, de grâce, mettez la
route sous vos pieds et jouez des jambes,
car ces gaillards là-bas ont l'œil sur tout
ce qui se passe. Vous voyez ces poteaux! Vous me comprenez, c'est du
bon bois de frène...

Addrich, qui marchait la tête baissée
et plongé dans ses réflexions, leva les
yeux et distingua de sa vue perçante les
objets qui avaient échappé à celle du
ménétrier.

— Ce sont des braves de l'Oberland!
dit-il. Heureux sont les morts! Bientôt
j'irai les rejoindre; le moment est enfin
arrivé. Marchons!

En s'emparant du bras de maître Heini Wirri, il lui fit franchir en un instant la distance qui les séparait de la porte, et l'entraîna, malgré ses prières et ses supplications, jusque dans l'hotel-de-ville, où Wirri se laissa conduire, incapable de proférer une parole, et plus semblable à un homme qui va subir le dernier supplice qu'à celui qui va en livrer un autre.

CHAPITRE LII

ET DERNIER.

LE DERNIER RENDEZ-VOUS.

Tout dormait déjà dans la ville d'Aarau, où depuis quelque temps la vie était redevenue paisible, lorsque deux étrangers, enveloppés de longs manteaux, vinrent frapper à la porte de la maison

de maître Heini Wirri, située sur le
Ziegelrain. Ce fut la joyeuse Aenneli qui
vint leur ouvrir la porte: mais en ce moment ses traits, loin de porter leur expression ordinaire de sénérité, offraient
les traces de l'inquiétude et du chagrin.

Vous ne pouvez voir maître Heini,
dit-elle; et moi-même je ne serais pas à
cette heure auprès de lui, ajouta-t-elle
en rougissant, s'il n'était malade.

— Eh quoi! Aenneli, lui serait-il arrivé quelque malheur? lui dit le plus
jeune des deux étrangers. Il n'y a pas
long-temps que nous l'avions vu sur la
route d'Olten, assez ingambe et bien
portant.

—C'est vous, M. Fabien! s'écria Aenneli en sautant de joie. Ah! je n'espérais
plus vous revoir, et cependant je dési-

rais beaucoup vous remercier de l'accueil que m'avait fait, en votre nom, le vénérable doyen, comme maître Heini veut que je nomme le chanoine. Mais, ajouta-t-elle en reprenant son air de tristesse, le pauvre maître Heini, il est arrivé de sa promenade dans un triste état... Dieu sait s'il en guérira!

— On l'aurait attaqué sur la route?...

— Mon Dieu, non; au contraire. Il est rentré ici où je l'attendais, parceque vous savez sans doute qu'il était question entre nous d'un mariage,... dit Aenneli en rougissant de nouveau.

— Je le sais, dit Fabien, et je t'en félicite. Mais, continue.

— Il tenait à la main un sac d'argent et une lettre; mais il était pâle, et ses yeux étaient tout égarés. C'est tout au plus s'il m'aperçut, moi qu'il aurait vue du bas de la montagne de Kulm. Il jeta l'argent par terre, et la lettre aussi; tenez, ils y sont encore. Et il se mit à se promener, à gesticuler et à se démener d'une manière effrayante, en disant toute sorte de paroles auxquelles je ne pouvais rien comprendre.

Don Nardo, qui était le second de ces étrangers, se baissa et ramassa la lettre : elle lui était adressée. Il l'ouvrit avec précipitation, et y lut ce qui suit :

« Puisque mon frère veut que nous » soyons réunis, il me trouvera demain, » au lever du jour, hors de la porte » d'Aarau, sur la route d'Olten. Là, » j'espère que le passé sera oublié. »

— Cette lettre est d'Addrich! s'écria

Fabien. Comment se fait-il qu'elle se trouve entre les mains de Wirri? Nous venions nous informer auprès de lui du sort de ce malheureux, qui avait pris la même route que maître Heini. Vois, Aenneli, il faut que nous lui parlions; il l'a vu sans nul doute. Il nous dira s'il est en sûreté, et si nous-mêmes nous n'avons rien à craindre.

— Venez, dit Aenneli, vous allez le voir. Mais je crains bien qu'il ne puisse vous répondre. Le pauvre homme! la tête lui a tourné de joie à l'idée de notre mariage, reprit-elle en pleurant; et peut-être maintenant faudra-t-il que je meure fille!

A ces mots elle les conduisit dans la chambre où se trouvait le ménétrier, et où s'offrit à eux un étrange spectacle.

Assis sur son lit en désordre, maître

Wirri, les jambes nues et la tête couverte de ses chausses qui lui pendaient de chaque côté de ses épaules, était occupé gravement à accorder son violon, et semblait plongé dans un état de stupeur complète. A l'arrivée des nouveauvenus, il étendit la main vers eux sans se déranger et sans qu'il semblât les reconnaître : Asseyez-vous, mes nobles sires, nous aurons une danse des morts, ce soir, leur dit-il. Vous voyez, je prépare l'orchestre.

Don Nardo et Fabien s'arrêtèrent, touchés de compassion, et Aenneli fondit en larmes.

Le ménétrier prit alors son archet, et s'accompagnant de son violon, il se mit à chanter ce passage d'une vieille ronde :

Et le chasseur lui dit :
Allons dans ma maison ;

Et droit le conduisit
Au fond d'une prison.

N'est-ce pas là l'air? Il y a bien encore quelques notes, mais la corde est
mauvaise, dit-il en pinçant une des
cordes de l'instrument. Celle qu'ils lui
ont mise était meilleure, ajouta-t-il
après un moment de silence... A peine
eus-je le temps de m'en apercevoir... Ils
ont dit que j'avais fait le nœud coulant...;
mais n'en croyez rien... Je ne l'aurais
pas fait pour cent florins! Oh! tirez la
corde! s'écria-t-il tout-à-coup en s'éten-
dant tout de son long sur le lit, et levant ses bras au-dessus de son visage...
Tirez la corde! répéta-t-il...; ses talons
sont si froids..., ils me glacent le visage!...

Don Nardo et Fabien se regardèrent
avec stupéfaction, cherchant inutile-

ment à trouver un sens à ces paroles inintelligibles. Aenneli s'approcha du malade, qui paraissait dans le délire d'une fièvre brûlante, et don Nardo, le voyant plus calme après quelques momens, lui demanda qui lui avait remis cette lettre.

Maître Wirri se releva sur son séant, prit la lettre, la retourna entre ses doigts, et la lui rendit sans mot dire. Puis le regardant fixement : Oui, oui, je vois; vous êtes le curé, lui dit-il. Il a donc consenti? Allons, je ne l'aurais pas cru, cela me console. Après tout, il l'a voulu. Mais moi, il ne m'avait jamais fait de mal... Un soir il m'avait même fait donner du jambon et du fromage... C'est Aenneli qui me le porta... Mais ensuite, il ferma la porte... Ah! ah! ah!

Il se mit à rire aux éclats, et ajouta en s'adressant toujours à don Nardo : Curé, vous rappelez-vous le passage : « Judas

a eut douze deniers dont il acheta un
aamp qu'on nomma Helmacéda ou le
rix du sang. » A ces mots, le ménétrier
: mit à fondre en larmes ; puis il reprit
m violon et se remit à chanter :

> Et le chasseur lui dit :
> Allons dans ma maison ;
> Et droit le conduisit
> Au fond d'une prison.

Fabien et le père d'Epiphania , déses-
érant de tirer de lui aucune explication,
: retirèrent dans une chambre voisine
ûils attendirent le jour pour rejoindre
'any et leurs gens, et aller au rendez-
ous fixé par Addrich, afin de partir
ous ensemble. Dans le cours de la nuit
'abien revint auprès du malade, qu'il
rouva plus calme. Il lui prescrivit quel-
]ues potions, et consola Aenneli en lui
innonçant que ce délire n'était que le
ransport d'une grosse fièvre, et qu'il

n'aurait pas de suite. Aenneli montra beaucoup de douleur en apprenant que sa jeune maîtresse allait quitter la Suisse, et ne se calma que par l'assurance que lui donna don Nardo qu'elle viendrait tous les ans prier sur la tombe de son infortunée cousine. Au point du jour, les deux voyageurs séloignèrent.

Ils gagnèrent avec impatience la route d'Olten, où Epiphania et la suite de don Nardo vinrent les rejoindre, et firent halte sur une petite esplanade d'où l'on découvrait les alentours de la ville. Mais personne ne se présenta, et l'on voyait passer seulement et de moment en moment quelques paysans chargés de fruits et de légumes qu'ils portaient en chantant au marché.

L'air était vif et pur, la campagne émaillée de fleurs, les troupeaux qui sortaient des étables, se répandaient au pied des montagnes et dans la plaine, et si quelques poteaux sinistres, que l'on découvrait de distance en distance, et dont les voyageurs s'éloignaient avec effroi, n'eussent rappelé les rigueurs de l'autorité, il eût été difficile de s'imaginer que cette contrée venait d'être livrée aux désordres d'une furieuse guerre civile.

Je ne sais quel triste pressentiment s'est emparé de moi lorsque tu m'as montré le billet d'Addrich, dit Epiphania à Fabien. Pourquoi nous avoir quittés si brusquement, puisqu'il devait si promptement nous rejoindre? Crois-moi, je le connais; il a encore conçu quelques fâcheux desseins.

— Peut-être, dit Fabien, ce malheureux père a-t-il voulu remplir un dernier devoir au cimetière de Kulm, avant

de quitter pour toujours la terre où re-
posent les restes de sa fille chérie. At-
tendons, il ne peut tarder à venir.

Epiphania soupira sans répondre, et
don Nardo descendit de cheval et se
promena sur la route, jetant ses regards
de tous côtés, et examinant la plaine
avec impatience. Enfin, il ne put résister aux sentimens qui l'agitaient, et
s'approchant de Fabien, il le pria d'aller à la découverte. Fabien remonta à
cheval, et piqua sur la gauche où se
trouvait un sol incliné, ombragé de
quelques bouquets d'arbres. Il pensait
qu'Addrich, n'osant se montrer au grand
jour, les attendait peut-être sous les
arbres, ignorant qu'ils se trouvaient
déjà sur la route.

Il venait de s'engager sous une feuil-
lée épaisse et si basse que les branches
supérieures lui disputaient le passage

et le forçaient de se baisser sur le cou
de sa monture, lorsque tout-à-coup son
cheval se cabra et refusa d'avancer. Fabien fit de longs efforts pour le maî_
triser dans ce chemin dificile, et enfon-
çant enfin ses éperons dans ses flancs,
il le fit partir d'un pas rapide. le cheval
parcourut toute l'allée en un clin d'œil,
et s'arrêta subitement à l'entrée d'une
petite plaine, au pied d'un monticule
sur lequel s'élevaient les fourches pati-
bulaires. Un homme y avait été récem-
ment attaché, et l'exécuteur avait, par
une sorte de commisération usitée dans
cet horrible moment, tiré le chapeau de
ce malheureux jusqu'au bas de son visage. Impatient de se soustraire à cet
affreux spectacle, Fabien détourna son
cheval, mais, par un mouvement involontaire, il jeta avant de s'éloigner un
regard sur cet objet de pitié. Il tira
alors la bride avec une telle violence

5.   9.

que son coursier fit jaillir l'écume; un froid glacial se répandit dans tous ses membres, et il eut peine à se maintenir en selle: il lui avait semblé reconnaître ce chapeau à haute forme pointue qu'il avait lui-même relevé aux Mousses après la nuit de la tempête, et rapporté au vieillard. Toutes ses pensées se réuni- rent alors pour le confirmer dans le soupçon qui l'agitait: les dernières pa- roles d'Addrich lorsqu'il l'avait quitté, sa lettre à Diethelm , les phrases que le ménétrier avait laissé échapper dans son délire; il ne vit que trop bien qu'il ne lui restait plus qu'à acquérir une triste certitude.

Fabien, rassemblant ses forces, se di- rigea lentement vers le monticule, qu'il fit gravir à son cheval; là il le plaça sous les fourches , et s'élevant sur sa selle, il approcha une main tremblante du cha- peau, qui était imprégné de l'eau du ciel comme celui qu'il avait autrefois rapporté au vieillard dans le cimetière de Kulm. Il le souleva à peine de quelques lignes et le laissa retomber avec saisissement. Ses regards avaient rencontré le sourire sardonique qui n'avait pas abandonné les lèvres d'Addrich au moment de mourir.

D'un trait, Fabien se retrouva auprès de ses amis; l'expression de ses regards leur apprit en un instant tout ce qu'il aurait pu leur dire. Epiphania versa d'abondantes larmes, et Diethelm, s'agenouillant sur la terre, pria quelques momens avec ferveur.

Quelques momens après, toute la troupe repartit et se rendit à Olten, d'où Diethelm ne s'éloigna qu'après avoir obtenu des autorités d'Aarau une sépulture honorable pour son frère.

Plusieurs années après ces évènemens, lorsque les haines des partis furent assoupies, Fabien et Epiphania,
accompagnés de leur père et de deux
jolis enfans, revinrent au cimetière
de Kulm, prier sur la tombe d'Addrich et de sa fille. Ils la trouvèrent or-
née de fleurs cultivées avec soin : cette
pieuse attention était l'ouvrage d'Aenneli et de son époux, le ménétrier, dont
le ciel avait aussi béni l'union.

FIN.

NOTE HISTORIQUE

RELATIVE AU SUJET DE CE ROMAN.

Le général suédois Horn, ayant voulu surprendre la ville de Constance, dont le territoire est enclavé dans la Thurgovie, viola le sol helvétique. Les cantons catholiques accusèrent le bailli zurichois, établi sur le bailliage envahi, de favoriser les Suédois à cause de leur religion; et envoyèrent trois mille hommes pour les repousser, et firent arrêter le bailli qui se nommait Kesselring. Zurich réclama ce magistrat d'abord sans succès; plusieurs diètes furent convoquées pour terminer ce différend. On se menaça de la guerre; mais, par l'intercession de quelques cantons neutres et du ministre de France en Suisse, la paix fut maintenue.

Les Autrichiens violèrent également le territoire de Schaffouse, et y portèrent le ravage et l'incendie; les paysans les combattirent, pendant que leurs magistrats se laissaient amuser par des négociations. La Franche-Comté, à laquelle d'anciennes conventions garantissaient une neutralité que les Suisses devaient faire respecter, fut traitée en pays ennemi, et successivement occupée par les Français et les Suédois. L'armée du duc Bernard de Weimar prit ses quartiers dans l'évêché de Bâle, et ne le quitta qu'après l'avoir ruiné. Les Suisses se confondaient à rappeler les traités et s'épuisaient en représentations, en supplications, qui n'étaient jamais écoutées. Ils avaient oublié que, dans d'autres temps, c'était les armes à la main qu'ils s'étaient fait respecter des puissans de la terre.

Cependant, la plupart des cantons tenaient des troupes sur pied, mais presque jamais sur la frontière, qui restait constamment exposée aux invasions. Les dépenses occasionées par ces armemens nécessitèrent l'établissement de nouveaux impôts et donnèrent naissance à plusieurs rébellions chez le peuple des campagnes. Les cantons de

Berne et de Zurich furent le théâtre de soulèvemens qui ne purent être apaisés que par les mesures les plus sévères. La sûreté publique était encore compromise par la présence d'une foule de vagabonds et de malfaiteurs que les armées étrangères vomissaient sur la Suisse. Ils se livrèrent à de si graves excès, que l'on fut obligé de déployer contre eux l'appareil des supplices. A Bremgarten, dans le cours d'une seule année, deux cent trente-six de ces brigands subirent la peine capitale. De semblables rigueurs les firent entièrement disparaître.

Enfin le traité de Westphalie mit fin aux horribles calamités qui depuis tant d'années désolaient une grande partie de l'Europe. La Suisse y gagna d'être absolument indépendante de l'Empire. Les Suisses avaient renoncé à l'antique usage de demander à chaque empereur, lors de son avènement au trône, la confirmation de leurs libertés. Maximilien II fut le dernier qui reçut d'eux cette marque de soumission (en 1564). Mais la chambre impériale avait continué à les traiter comme vassaux de l'Empire, en prononçant contre eux des jugemens, au lieu de les citer devant leurs propres tribunaux. Les Suisses, après avoir vainement réclamé contre ces sentences, envoyèrent au congrès de Westphalie le bourgmestre de Bâle, Jean-Rodolphe Wettstein, homme habile, courageux, et zélé pour les intérêts de son pays, avec la mission de déclarer, au nom des confédérés, qu'ils étaient unanimement résolus à maintenir leur entière indépendance de l'Empire. Cette déclaration, appuyée par la couronne de France et par celle de Suède, qui dictaient les conditions de

5.   10

la paix, eut tout le résultat désiré.Malgré les subterfuges de la chambre impériale, l'indépendance de la Suisse fut reconnue, et cette reconnaissance insérée dans le traité de pacification générale.

Les craintes inspirées par le voisinage de grandes armées qui s'entr'égorgeaient étant dissipées, et les longues querelles entre les confédérés s'étant un peu assoupies, il semblait que la Suisse pouvait enfin espérer une longue et heureuse tranquillité. Mais il existait dans le cœur de la nation de vieux germes de discorde qui ne pouvaient être extirpés que par une grande révolution dans les idées et dans les institutions. Dans plusieurs cantons, le peuple des campagnes était assujetti à une dure servitude, et en passant de la domination des comtes et barons qui jadis avaient opprimé l'Helvétie, sous celle des villes républicaines, il n'avait fait que changer de maîtres. Des nobles, soutenus par des bourgeoisies orgueilleuses dont ils étaient membres, traitaient avec insolence les paysans qui cultivaient leurs domaines. L'administration des baillis et des sous-baillis, nommés par les conseils des villes, était souvent injuste, capricieuse ou cruelle. Des priviléges anciens dont certaines communautés avaient joui long-temps étaient méconnus, et des impôts établis arbitrairement. L'obéissance la plus absolue était le partage du peuple des campagnes, qui n'avait pas même la facilité de se racheter des charges qui pesaient sur lui : il voyait avec envie les pâtres des Waldstœtten (1) soumis aux seules lois qu'ils avaient consenties, et ne portait qu'avec impatience le joug dont il était accablé.

(1) Les pays de bois.

Ce qui excitait surtout ses plaintes, c'était le monopole du sel, de la poudre et d'autres objets de consommation, que les villes souveraines s'étaient arrogé; c'étaient les impôts mis sur l'exportation du blé; la contrainte où il était de n'acheter que les produits manufacturés par les corporations des gens de métiers du pays, qui vendaient fort cher ce dont il se serait pourvu ailleurs à meilleur marché. Mais ce qui mit le comble au mécontentement, ce fut la diminution de la valeur des monnaies de billon, ordonnée par le gouvernement de Berne et de Lucerne. De grands attroupemens eurent lieu dans les villages, et l'on ne parlait qu'avec indignation de cette mesure qui atteignait particulièrement les familles pauvres. Les communes de l'Entlibuch envoyèrent leurs réclamations à Lucerne : on ne les écouta point. Irrités d'un pareil accueil, les paysans

chassèrent de chez eux les percepteurs
du gouvernement. Pour apaiser ce désordre, l'avoyer Dulliker et plusieurs
membres du conseil souverain et du
clergé se rendirent dans l'Entlibuch. Les
paysans, armés de massues, s'avancèrent
à leur rencontre, un drapeau blanc flot-
tait devant eux; puis venaient trois
jeunes gens avec le cor des Alpes; derrière eux marchaient trois chefs; après
ceux-ci, trois hommes dans l'ancien
costume suisse, représentant les héros
de Gruttli, et enfin le corps d'armée, fort
de quatorze cents hommes. Vainement
les envoyés de Lucerne essayèrent de
les calmer; les paysans menacèrent de
faire redresser les griefs les armes à la
main. Les dix communes de l'Entlibuch
formèrent entre elles une alliance. Des
médiateurs de divers cantons se présentèrent aux révoltés; ceux-ci s'en
emparèrent et les gardèrent à vue, puis

ils se disposèrentà marcher sur la ville.
Les paysans libres des Waldstœtten vinrent au secours de la bourgeoisie sou-
veraine et oppressive de Lucerne contre
des paysans qui demandaient aussi la liberté. Zurich et Berne levèrent des troupes. Effrayés de ces armemens, les rebelles relâchèrent leurs prisonniers et
implorèrent leur médiation. Une sentence arbitrale fut rendue ; elle satisfit
en partie aux plaintes élevées par les
paysans, annula l'alliance des communes et accorda à la ville de Willisau le
droit de se choisir un avoyer parmi ses
bourgeois.

A peine se soulèvement fut-il apaisé,
qu'un autre, plus général, éclata dans
e canton de Berne avec une effrayante
énergie. De Thun à Brugg, tout le peuple était en mouvement dans les campagnes. Berne requit le secours de ses

confédérés ; Schaffouse, Bâle et Mulhouse lui envoyèrent immédiatement leur contingent. Ces dispositions hostiles aigrirent les esprits, et la révolte se propagea dans toute l'Argovie et dans une grande partie du canton de Soleure. Des assemblées générales furent·tenues à Langenthal : les châteaux des baillis furent assiégés; les rebelles sollicitèrent même de l'ambassadeur français La Barde, l es secours de la France. Celui-ci révéla leur dessein, et leur cause en fut discréditée. Beaucoup de gens de bien qui étaient avec eux les abandonnèrent. Alors ils devinrent plus traitables. Berne consentit à un accommodement : elle leur abandonna la faculté d'acheter le sel où bon leur semblerait : elle abolit l'impôt sur l'exportation du blé, diminua les frais de justice, leur accorda encore divers autres avantages, et tout parut rentrer dans l'ordre.

Mais le désir d'une liberté semblable à celle des Waldstœtten était entré dans les cœurs. Les habitans de l'Entlibuch, de l'Argovie, de l'Emmenthal; beaucoup de paysans de Bâle et de Soleure, se réunirent pour briser leurs chaînes, et formèrent, à Sumiswald, une fédération à la tête de laquelle ils placèrent un paysan de Schœnholtz nommé Nicolas Leuenberger. Ils proclamèrent l'égalité des droits et l'obéissance aux magistrats légitimement élus par le peuple; ils envoyèrent aux sujets de tous les cantons des invitations de se joindre à eux pour travailler à établir et à consolider la liberté générale. Mais toutes leurs mesures furent mal calculées : leurs réunions n'étaient que tumulte et confusion. La plupart de ces hommes étaient plus soigneux de leurs intérêts personnels que des intérêts communs; ignorans, grossiers et souvent barbares,

ils méprisaient les conseils de la pru-
dence et faisaient périr quelquefois les
adversaires de leurs opinions. Leur
cause était juste sans doute ; mais pour
la faire triompher, ils n'avaient ni la
loyauté, ni la sage modération des premiers libérateurs de la Suisee.

Le nombre des rebelles était si con-
sidérable, que les gouvernemens n'osè-
rent pas d'abord employer contre eux
la force des armes. La diète de Baden
entama avec eux des négociations qui
eussent peut-être amené un résultat con-
forme à la justice, si les rebelles eussent
été d'accord entre eux. Pendant ce
temps, les villes se préparaient à la
guerre : une levée générale fut ordonnée. Dix mille hommes furent mis sur
pied dans le pays de Vaud, dont les habitans étaient restés fidèles à leurs maîtres ; Sigismond d'Erlach fut leur géné-

néral. Tous les cantons dont le peuple était libre fournirent des troupes. Zweyer d'Uri commanda cinq mille hommes venus des cantons catholiques. Le reste de l'armée confédérée, sous les ordres du général Zurichois Wertmuler, montait à huit mille hommes; Neuchâtel, Genève et Bienne avaient envoyé des secours. Les rebelles, de leur côté, s'armèrent avec promptitude, occupèrent des positions, donnèrent l'assaut aux villes d'Arbourg, d'Aarau, de Zoffingen et de Lenzbourg; mais sans artillerie, sans discipline, sans officiers expérimentés, leurs efforts ne pouvaient être qu'infructueux.

Alors ils tentèrent de nouvelles négociations qui eurent aussi peu de succès que les précédentes ; Berne avait cependant consenti à payer aux paysans, à titre de soulagement, une somme de

5o,ooo livres. Leuenberger, Schyby, Ulrich Galli et d'autres chefs révoltés avaient signé la convention; mais les rebelles ayant appris que les troupes des confédérés s'approchaient, ne voulurent point se séparer avant qu'elles fussent rentrées dans leurs foyers, et tout arrangement fut rompu. D'autres attaques, sur quelques villes de l'Argovie et du canton de Zurich, ayant échoué, les paysans envoyèrent au conseil de guerre des confédérés, réunis à Mellingen, pour demander des conditions équitables. Pour toute réponse ils furent sommés de livrer l'acte de leur fédération et de se disperser. Les enenvoyés des paysans bernois, soleurois et bâlois, saisis d'épouvante, prêtèrent le serment qu'on exigeait d'eux. Les Lucernois alléguèrent le manque de pouvoirs nécessaires pour consentir à une semblable soumission. Aussitôt la di-

vision se mit parmi les rebelles. D'Erlach marcha sur Langenthal, chassant
devant lui des bandes de paysans effrayés. A Herzogbuchsée, un combat
acharné s'engagea entre ses troupes et
les paysans de la Haute-Argovie; ceux-
ci se défendirent avec une valeur digne
de la cause qu'ils avaient embrassée,
mais ils furent vaincus, et, par suite de
leur défaite, la révolte se trouva étouffée dans tout le pays. Tous les insurgés
qui n'avaient point accédé au traité de
Mellingen furent traités d'après les
lois de la guerre. La plupart des chefs
tombèrent entre les mains des vainqueurs, et furent frappés de la peine
capitale. Tel fut le sort de Schyby de
l'Entlibuch, d'Ulrich Galli et de Leuenberger. Ce dernier fut livré aux Bernois
par un de ses complices, et sa tête fut
exposée sur la potence avec l'acte d'alliance des rebelles. A Bâle sept vieil-

lards à longues barbes blanches subirent également le dernier supplice. Les
bailliages libres furent taxés à payer
10,000 florins : les gens du comté de
Lenzbourg 20,000 : ceux de Soleure
30,000, etc., etc. Parmi les chefs de la
rébellion, le petit nombre de ceux qui
échappèrent à la mort par la fuite, furent mis au ban de l'Empire par Fer-
dinand III.

Avant de poser les armes, les révoltés du canton de Lucerne avaient obtenu
de stipuler un arrangement avec leurs
souverains. Des arbitres des Waldstœtten de Zug prononcèrent un jugement
auquel les habitans de l'Entlibuch, en-
couragés par quelques citoyens de Lucerne qui espéraient un changement
dans la constitution, refusèrent de se
soumettre. Les troupes des petits cantons les forcèrent à l'obéissance.

Ainsi fut vaincue cette grande insurrection, à laquelle les plus justes motifs
avaient donné naissance. Peut-être ne
lui a-t-il manqué que le succès, pour
être considérée comme un des évènemens glorieux de l'histoire des Suisses.

(ZSCHOKKE , *Hist. des Suisses.*)

TABLE

DU TOME CINQUIÈME.

———

———

TABLE GÉNÉRALE.

TOME PREMIER.

5.   10.

TOME DEUXIÈME.

TOME TROISIÈME.

TOME QUATRIÈME.

TOME CINQUIÈME.

FIN DE LA TABLE GÉNÉRALE.

HARMONIES

POÉTIQUES ET RELIGIEUSES,

PAR ALPHONSE DE LAMARTINE.

2 vol. in-8°, avec vignettes. Prix 16 fr.

ŒUVRES COMPLÈTES D'ALPHONSE DE LA-
MARTINE, membre de l'Académie française; renfer-
mant tous les ouvrages publiés jusqu'à ce jour, non compris les *Harmonies*, 4 vol. in-32, sur pap. gr.-rais. vél.
sat., ornés du portrait de l'auteur, du *fac simile* de son
écriture et de 14 grav. en taille-douce.   24 fr.

On vend séparément :

MÉDITATIONS POÉTIQUES (PREMIÈRES), 17ᵉ
édition, 1 vol. in-32, orné d'une gravure.   3 fr. 50 c.

NOUVELLES MÉDITATIONS POÉTIQUES, 6ᵉ
édition, 1 vol. in-32, orné d'une gravure.   3 fr. 50 c.

ŒUVRES DE M. VICTOR HUGO, contenant:
ODES ET BALLADES, 5ᵉ édition augmentée de l'*Ode à la
Colonne* et de *dix pièces nouvelles*; 2 vol. in-8°, papier vélin satiné, ornés de gravures et vignettes.   15 fr.
LES ORIENTALES, 5ᵉ édition, 1 vol. in-8°, papier vélin
satiné, orné d'une gravure et d'une vignette.   9 fr.
Les trois volumes contenant les POÉSIES, pris ensemble, ne se vendent que   22 fr. 50 c.
LES ORIENTALES, 4ᵉ édition, 1 vol. in-18, papier grand-
raisin satiné, orné d'une gravure.   6 fr.

POÈMES DE M. LE COMTE ALFRED DE VI-
GNY, auteur de *Cinq-Mars*, 3ᵉ édition, 1 vol. in-8°,
papier fin satiné, orné d'une vignette.   7 fr. 50 c.

LA DIVINE COMÉDIE DE DANTE ALIGHIERI
(20 chants), traduits en vers français, par M. Antoni
Deschamps, 1 vol. in-8°, orné de trois gravures. 7 fr. 50 c.

www.ingramcontent.com/pod-product-compliance
Lightning Source LLC
Chambersburg PA
CBHW061428030726
47503CB00005B/1336